梅花墨韵

潘冬梅／著

北方文艺出版社
哈尔滨

图书在版编目（CIP）数据

梅花墨韵 / 潘冬梅著. -- 哈尔滨：北方文艺出版社, 2024.11. -- ISBN 978-7-5317-6431-1
Ⅰ.I267
中国国家版本馆 CIP 数据核字第 2024QA2726 号

梅花墨韵
MEIHUA MOYUN

作　　者／潘冬梅	
责任编辑／赵　芳	装帧设计／书香力扬

出版发行／北方文艺出版社	邮　编／150008
发行电话／（0451）86825533	经　销／新华书店
地　　址／哈尔滨市南岗区宣庆小区 1 号楼	网　址／www.bfwy.com
印　　刷／四川科德彩色数码科技有限公司	开　本／880mm×1230mm　1/32
字　　数／127 千	印　张／5.25
版　　次／2024 年 11 月第 1 版	印　次／2025 年 3 月第 1 次印刷
书　　号／ISBN 978-7-5317-6431-1	定　价／58.00 元

讴歌生活真善美
——潘冬梅散文集《梅花墨韵》序

□黄俊怡

潘冬梅散文集《梅花墨韵》即将出版，其书名让人联想到梅不屈不挠的精神品格。冬梅自小在农村长大，从寒风中一路走过来并不容易。我们从她的心路历程，多少也读出了梅的品性：不经一番寒彻骨，怎得梅花扑鼻香。

多媒体、网络时代的来临，使得纸媒不再是阅读的唯一模式，传统文学写作已显得日益艰难，不可否认，坚守文学这块阵地的写作者越来越少且趋向老龄化，基层文学发展的结构，往往出现青黄不接的现象。冬梅作为粤西地区中生代写作者，传递出一种有力的声音，有如惊雷乍响，无疑给人带来惊喜，这彰显出文学具有极大的艺术魅力。

我知道冬梅是一位教师，长期工作在外地，在异乡与故乡之间来回。她近年以一种积极的心态反哺家乡文学，这相当不容易。冬梅活跃在家乡文学圈，是基层文学的后起之秀，她首先是立足基层的文学弘扬者，她的加入进一步丰富了地方文学的生态。地域性文学需要多样化,这对地方文学的发展是有利的。她的文学理想在写作热情中燃烧。我相信,许多写作者曾做过文学的梦,冬梅这本文集的出版,正是其实践文学梦最好的注脚,这也是我给她写这篇序言的原因所在。

这本集子汇集了冬梅64篇散文随笔,题材广泛。总体来说,这本集子贯彻了亲情、乡土、游记等传统写作主题。

关于亲情的叙述,冬梅更多侧重于对祖母的怀忆,我们可以从中看出祖母对她的成长的影响。书中有许多地方提到祖母,这可以归结为她对亲情的追溯。《红豆角的追忆》融叙事、抒情于一体,冬梅追忆了与祖母摘豆角的童年趣事,充满童真的回忆,寄托着对祖母无限的怀念,在娓娓道来的岁月往事里,亲情如一首悠扬的牧歌。冬梅对亲人不舍的情感荡漾于怀,从中可窥见其对亲情的珍视。从某种意义上说,这本文集凝聚了冬梅对生命这一命题的思索,她对生命源头的追溯,来自祖母与母亲。祖母故去时,她因无法尽到爱与孝的圆满而自责,实质上,这凸显出冬梅潜意识里有着古往今来传统女性对人伦孝道的重视,这源于祖母和母亲无私的爱,而她也将这种爱传递给下一代。冬梅对亲情的叙述,真挚而感人。

这本作品集凸显出乡土与乡愁的主题。对乡土的书写,是每一位写作者难以逃避的话题,冬梅亦然。《插秧的往事》《蝉》呈现出20世纪乡村生活的情景,通过插秧,通过返乡亲历蝉声的消逝,从而唤回了无忧无虑的少年往事,乡土情怀跃然纸上。尽管冬梅离开故乡多年,乡村的旧情旧境在她的追溯中仍显得亲切,她笔端掠过的那缕乡思,亦即乡愁。《电白风情》《海滨之城》是一组乡愁之作。事实上，作为一名乡土写作者，物产丰富、依山傍海、具有悠久历史文化的故乡值得大写特写。对故乡的讴歌，在冬梅的笔下展现出故乡大海旖旎的自然风光，她撷取大海其中一个情景："海边是一片软绵绵的沙滩，遍地都有五颜六色的贝壳，形状各异，夕阳西照下光彩夺目。"写景细腻，具有很强的画面感，善于抓住情景的描写，以优美的句子勾画出大海的美，很好地展示了大海迷人的画面，读之让人仿佛身临其境。

冬梅这本集子有多篇文章是游记随笔，其游记具有地域性特点。如《春游粤龙山》《环游西湖》《童子湾观海记》《游甘坑古镇》是其游记随笔具有代表性的篇章。冬梅很好地把握了游记散文细致的描述性、感性化、真实感等特点，在一些情景描述上细腻而生动，生动而又传神，如在绘就一幅幅山水画卷，一不留神，她或许会把你带入她的境域。可以说，读冬梅的游记随笔是一种闲暇的享受。如细细品读《童子湾观海记》，你会随着她的笔端，"站在海岸边，直击远方，壮观辽阔，一望无垠，白茫茫的一片，抬头仰望，蔚蓝澄澈，海天一色"。冬梅对大海的美好意境的描述，海的轮廓呈现在眼前的瞬间，让人陶醉。冬梅写景视野开阔，往往通过移步换景的写作手法，随着不同的场景变换呈现出不同的画面，让人耳目一新。她能很好地将写景与抒情相结合，从而引起读者的共鸣。纵观其游记随笔，句式优美，给人一种赏心悦目之感。如《欢乐在凤山飞翔》："我抬头仰望苍穹，碧空万里，那人与自然和谐的画面，顿时汇成欢乐在山顶飞翔……"这样的句子，在冬梅的游记写作中并不鲜见。《相约庄山，并肩同行》《幸福奔向浮山岭》这些游记随笔具有鲜明浓烈的地方特色，对外展示了"无限风光在险峰"的故乡美景，给读者留下美好的遐想。

冬梅的散文随笔不乏生活真善美的主题。她对学生关怀备至，充满爱心。一次，她与校长共同家访，发现一个学生生活陷入困境，悄悄给学生送上了一件外套，那个学生多年后感念她的照拂之情，以同一种方式来回报老师当年的付出，这是她写《爱的回馈》的缘起，这类"种瓜得瓜，种豆得豆"的话题是对善的书写，"投我以木桃，报之以琼瑶"。在目睹清洁工受到社会青年漠视的一幕后，冬梅表现出人道主义的关怀意识。儒家讲"仁"，亦不能忽视对弱者的关注，冬梅关切社会底层群体的生存状态，体现出她的"仁"。针对今日缺乏同理心与包容心的社会个体现状，冬梅对生活进行深层剖析，讴歌生活的真善美，有着写作的自觉。

近年来，冬梅在网络上发表了不少文学作品，在公众号常可读到她的文章。我在此想说的是，网络文学与传统文学之间仍存在较大差异，从网络文学到传统文学之间还有很长的路要走，我始终认为，传统写作者要走传统文学之路。冬梅在不断创作的同时，我认为她需要在报刊上进一步展现出自己的文学自信，这也是地方写作者需要突破的写作瓶颈，在追求文学进步的同时，倘若她能够不受外面浮躁之风的影响，静下来在文字中自我修炼，扎扎实实地写好当下，我相信，冬梅未来的文学之路是广阔的。

（黄俊怡，广东省传记文学学会副秘书长、广东省文艺评论家协会会员、广东省作家协会会员）

目录
CONTENTS

"含泪"的笑容 / 001

"土包子"过港记 / 004

欢乐伴随雨花飞翔 / 006

红豆角的追忆 / 009

爱的回馈 / 012

悲凉的人心 / 015

插秧的往事 / 017

蝉 / 019

春游粤龙山 / 021

当荔枝成熟时 / 023

登临芙蓉寺 / 025

第一次摘桑葚 / 027

电白风情 / 029

蝶伯 / 031

感念师恩 / 033

海滨之城 / 035

喝酒惹的祸 / 037

红绿灯下的温暖 / 040

欢庆元旦 / 042

环游西湖 / 044

混乱的路口 / 046

欢乐在凤山飞翔 / 048

劳动是一切幸福的源泉 / 050

离愁 / 053

立秋之感 / 055

灵魂的最高境界 / 058

蒙蒙细雨忆往事 / 060

迷人的大朗 / 062

面朝大海，春暖花开 / 064

母爱体现在行动中 / 066

母亲的泪 / 068

爬观音山记 / 071

婆媳情缘 / 074

人生难得一知己 / 077

扶不扶？ / 079

善良的福报 / 082

升米恩，斗米仇 / 085

师德——爱与责任 / 088

树仔菜的爱 / 090

谈生离死别 / 092

童子湾观海记 / 094

外曾祖母 / 096

温馨的"家" / 099

我的母亲 / 102

我的幸福年 / 104

我与荔枝的故事 / 106

无声的父爱 / 109

相约庄山，并肩同行 / 112

携手出游，镌刻印记 / 115

幸福奔向浮山岭 / 119

幸福的女人 / 122

一个打不通的电话 / 125

一件旧棉袄　/　128

一块月饼盼团圆　/　130

一捆米粉的爱　/　132

一切从心出发　/　134

一盏照亮我前行的明灯　/　136

游甘坑古镇　/　138

有一种年味，叫大年初二回娘家　/　140

雨中赏梅　/　142

阅读润泽我的人生　/　144

在农村生活好，还是在城市生活好　/　146

湛江情缘　/　148

最美的相遇　/　150

后记　/　152

"含泪"的笑容

在我的记忆长河中,亲身经历的往事一件件随风飘走,可奶奶"含泪"的笑容,至今仍然历历在目,使我永生难忘。

是啊,不知不觉,奶奶已经离世二十六年了。每当想起我亲爱的奶奶,我这心里既是愧疚,又是难过。一直以来,我总想以"奶奶"为题写篇文章,可提起笔来又有些踟蹰。不瞒你说,其实此刻我早已泪流满面。虽然我的拙笔写不完奶奶的辛酸和苦楚,也无法用文字来形容奶奶的慈祥和善良,但奶奶的笑容总装在我的脑际,今天就把奶奶的笑容寄予我的笔下,当作对奶奶的怀念吧!

奶奶一生总为别人着想,有苦有累宁愿自己扛,也不让亲人知晓,因此时常保持着她本能的笑容,默默忍受着苦与痛。记得一九九三年,向来凉茶都没喝过一口的奶奶突然病倒了。我清晰地记得,那是腊月中旬,天气特别冷,无论屋里还是外面都把人冻得直打哆嗦。奶奶当时面如土色,嘴唇苍白,在摇曳的冷风中微微颤抖。我们姐弟五个都吓坏了,守在奶奶床前,哭成了泪人。躺在床上奄奄一息的她,却依然担心我和弟弟妹妹害怕,用她那双僵硬的手一直紧握着我的手,抖动着一张一合的嘴,用微弱的声音安慰着我们说:"阿嫲没事,大家都别害怕。"我擦干泪水,喉咙依然哽咽着,强忍着心里的难过,微笑着回应奶奶:"嗯嗯。"当时村里好多人都来帮忙把奶奶送去水东人民医院。由于家里弟弟还小,需要母亲照顾,于是父亲就叫我请假跟去医院照顾奶奶。经过一番急救,奶奶暂时保住了性命,但经医生诊断,奶奶患的是肺气肿,从此这棵"病树"渐渐枯萎……奶奶躺在医院的病床上,身体一天不如一天,全身渐渐消瘦下来。我知道她应该非常难受,可她依然装作一副若无其事的样子,坐起来笑眯眯地陪我聊天。奶奶陪我说日常,谈日后,论将来。渐渐地,我读懂了奶奶那颗对我满怀期望的心。看到奶奶难受节食,我的心就像被刀绞一般疼痛。尤其我的父亲因负担过重,常常寝不安席,食不下咽。可是每每四目相对,奶奶和父亲都会给对方一个甜蜜的微笑,谁也看不出谁的苦与痛。

就这样,奶奶和病魔抗争了四年多。那是一九九八年的一天,父亲给我打来电话,说奶奶的病情越来越重了,每天都要交九十多元医药费。这对原本并不富裕的家庭来说,简直就是雪上加霜啊!我深知,这重担如同千斤巨石般全压在父亲一个人的肩上,令他难以喘气!我更知道,父亲有多么无助,多么需要我的帮助啊!哪怕一分一厘,对父亲、对奶奶来说都是多么重要!可是新婚的我不当家不做主,束手无策,只能一个人躲在角落默默地流泪。家婆见我难过,就让我回娘家看看。于是,农历五月廿四日，我终于圆了与我亲爱的奶奶见面的梦。刚入村口，看见奶奶正在村口遥望着远方。不知道这是她多少次在村口等候我回来了，也不知道她曾经对我失望过多少回。远远看见了我，奶奶笑了，这笑容宛如正在盛开的花朵一般灿烂。我们拥抱过后，我本想牵着奶奶的手回家，可是被奶奶拒绝了。奶奶和我并肩走回家。奶奶为了不让我知道她难受，还是装作若无其事的样子，明明骨瘦如柴，还一副铮铮铁骨的架势。匆匆一见又匆匆离别。那天奶奶还特意叮嘱我六月初八杀鸡拜神，叫我到时得闲就回来，没空不用回。奶奶送我出门，但我不让她送远，眼看离村子越来越远时，我回头看到奶奶艰难地举起右手极用力地向我笑着挥手，我哭了，在村子的远处，在一个触摸不到奶奶的地方，我蹲下来抽泣了很久很久。没料到，这就是我与奶奶的最后一次见面。农历五月廿九日下午四点左右，邻居二婆捎来噩耗：奶奶走了。她走得那么仓促，走得那么令人难以置信。听妹妹说，那天下午，奶奶一如既往地午休，父亲叫她起床吃午饭，头一句还应答，当父亲再问第二句时，她再也没有应答。奶奶走了，她走得好安详，嘴角还露出一丝丝笑容。得知奶奶离世的噩耗，我泣不成声，一直在地上打滚，体验了一场生离死别的痛苦……

转眼间，二十多年过去了，愧疚、悔恨、怀念和痛苦从未离开过我。奶奶的笑容我早已镌刻入骨，一生难以忘怀。

"土包子"过港记

二〇二三年八月下旬，趁还未开学，抓住暑假的尾巴，我又游逛了一趟香港，再次感受了香港的风土人情。

近几天都是阴雨绵绵，这天的天气还算尽如人意，阳光为我们收集了一切的美好，我们出发与微风撞了个满怀，蓝天露出笑脸，很快就到达了罗湖口岸。我们正赶上了高峰期，形形色色的人早早就在罗湖口岸排队等候过关。从内地来香港的人不计其数，加上过关需要双重安检，所以队伍就像一条长龙，茫茫人海中，我的心慌乱得就像一只掉队的大雁，分不清过港的方向。

出门之前，我事先问过好几个人出行的注意事项，原本非常淡定。十分顺利地过关后，准备乘坐火车通往香港的入口，谁知在这关键时刻没有网络，这使我的心顿时慌乱如麻，不知所措。朋友们都弄好了网络，我的微信怎么都登录不上，这意味着无法扫码买火车票。这时的我进不去，也出不来，真是进退两难啊！聪明的弟弟一把抢过我的手机，好一会儿才终于有了网络。我们按工作人员的指挥扫了码，跟着人群上了火车，终点站是旺角。

大约坐了一小时的火车，我们便到了旺角。下车后才发现我们走错了方向，并非我们的目的地。无奈之下将错就错，到处闲逛。我想买台手机解决网络问题，放眼望去，所有店铺都是紧闭大门，路上行人也寥寥无几，好不容易才看到一个公交站，我们走过去向香港市民探路才了解一二，原来这边一般都是夜场店。虽然高楼耸立，但没什么活力。香港的街道不但窄，更是纵横交错，站在这条街上，一眼就能看到另一条街，并没有我想象中的美丽和繁华。于是我们干脆敞开心扉飘向维多利亚港，追寻香港的旧日踪迹。

我们直接坐上公交车去往维多利亚湾。即使烈日当空，也阻挡不了我们的热情。这里繁华热闹，人头攒动。坐在渡轮上，我的心底突然有一种莫名的平静与满足感。渡船发出"隆隆"的声音，望着窗外海鸥成群，波涛汹涌，一阵阵清新的海风拂面而来，让我闻到了酸甜苦辣咸，像是一股山泉涌入我的脑际，勾起我对往事的无限回想。

这一天我们满载而归，既收获了快乐，又增加了阅历，开阔了眼界，大饱眼福。这次的"土包子"过港记，对我来说，是一种回眸，更是深深镌刻在我心上难以忘怀的印记。

欢乐伴随雨花飞翔

今天午饭后,我与骆明振院长、电白作协会员陈金玲一起撑着花伞,漫步于水东繁华美丽的迎滨路。

天阴沉沉的,犹如笼罩着一层又一层薄雾。往日街上热闹非凡,而今行人寥寥无几,十分宁静。豆大的雨点飘飘洒洒地从天而降,如同一颗颗晶莹剔透的珍珠闪闪发光。虽然潮湿的街道让人感到有一丝不适,但比起狂风暴雨,这点零星小雨又算得了什么?

地面虽然湿漉漉的,但是也被雨水冲刷得十分洁净。三人同行,无限惬意,画面异常和谐幸福。我脑间突然闪现出《论语》中的经典:"三人行,必有我师焉。"此刻,三人同行,有我长师也。骆院长曾在西江大学(现肇庆学院)、广东石油化工学院任教多年,是一位德高望重的教授、书法家、诗词学家、文学评论家,退休后,一直在仁风国学文化研究院担任院长。今日能有幸与文友陈金玲一起陪着骆院长,三人携手并肩前行,在小雨中漫步，又何尝不是一种别样的幸福。

雨，一丝丝，如剪不断的绸缎缠绵。轻柔的春雨，抓住春天的尾巴尽情调皮嬉戏起来。这个特殊的春夏之交，于我们而言，是告别，也是迎接。我们三人闲逛在雨中，简直是一种独特的享受。我的情绪好像完全被雨水冲刷了一遍，多么清爽舒畅。我们撑伞立在雨中赏着街景，聊着人情世故，畅谈前唐后宋、古往今来，畅想着花开花落、潮退潮来。啊，原来雨天也可以让人觉得如此浪漫！

我原以为自己的命运低人一等，低谷时总是一筹莫展。有时我会情绪低落，思绪起伏不定。每当我不小心把脸弄湿时，总以为是下雨天让我感到厌烦与无奈。今天，我终于在雨中找到了一种安详与欢乐。我不知不觉地陶醉在雨中，浮想联翩，展望未来。

我们三人在雨中漫步，听着骆院长吟诗作词，既能洗涤心灵，又能陶冶情操。

骆院长才华横溢，出口成章，令我不得不敬仰与佩服。他赠予我和陈金玲文友各一首诗，赠予我的是：

雨后长虹

手擎花伞起和风，细雨纷飞绽笑容。

月桂清香飘四野，天晴处处挂长虹。

骆院长果然才思敏捷，他用这首诗激励我今后不要悲观，在人生道路上勇猛前进，勇敢拼搏，必定雨后见彩虹。我品读着骆院长赠予我的诗句，一种愉悦的心情随风雨吹遍我全身，顷刻间，欢乐伴随雨花飞翔。此情此景将永远珍藏在我的心间，镌刻在我的脑际。

红豆角的追忆

今天下午我路过"挺拇指"购物中心时,无意中向路边瞟了一眼,一个熟悉的场景闪现在我的眼前。我停下脚步望去,一位年过六旬的老大叔正从箩筐里拿出两把红豆角,在余晖的斜照下闪闪发光。此情此景勾起了我对红豆角深深的追忆。

豆角是一种常见的蔬菜。而红豆角,顾名思义,一种红颜色的豆角,和别的豆角相比,除了颜色不同,我没感觉它有什么不一样的。但是红豆角往往得不到人们的青睐。别人家种绿色豆角,而我们家每年都种很多红豆角。我总是疑惑不解地问奶奶:"为什么我们家种的豆角和别人家种的不一样?"总把奶奶问得无言以对。

说实话,这种豆角是我小时候最讨厌的一种蔬菜,不仅仅是因为吃腻了它的味道,更是因为每到摘红豆角时节,我们全家人的指甲都像被染过酒红色的胭脂一样,成天红红的,很难洗掉。这是我最厌烦的一件事。有一天,我和同学们约好去探望菊华老师,大家的手指都是白白净净的,而我的指甲却是紫中略带黑色，特别难看。那一天，我感觉特别尴尬。

红豆角比别的豆角产量高很多。每逢红豆角丰收时节，摘豆角这看似简单的活，在我们家却成了一项非常艰巨的"工程"。我们家种的豆角有时每天摘一次，有时每天摘两次，有时隔一天摘一次。摘豆角不像摘荔枝和龙眼那样用剪刀去剪，只要带上箩筐或篮子，赤手空拳就可以摘。摘豆角必须得小心翼翼，不然就会弄掉豆角花或尚未成熟的嫩豆角，甚至会连根拔起。每次去摘红豆角，总是兄弟姐妹五个人一起，跟着奶奶有说有笑地前往豆角园。奶奶喜欢唱黎语山歌，我们一边走，一边听奶奶唱歌，祖孙六人无限欢愉。有时我会把一两个小伙伴带上，他们并不是去帮忙采摘的，而是想一起去豆角园玩耍的。满园的红豆角，碧绿的藤叶缠绕其中，红绿相间，美丽极了。我们几个小孩子可高兴了，一进入豆角园，不管豆角成不成熟，能不能摘，只要看见了叶子下面的红豆角就使劲地往下拽，动作还特别麻利。一会儿工夫，一根根红豆角连苗带叶就被我们几个小屁孩扯得干干净净，把奶奶气得哭笑不得。奶奶赶紧把我们哄到豆角架下歇凉，不让我们摘豆角。红豆角的茎叶茂密攀长着，所以需要搭起竹架子。每年夏末，豆角藤郁郁葱葱地爬满了竹架子，我们干脆躲在架子下面捉迷藏，玩得十分尽兴过瘾。

有时红豆角太多，一时半会儿摘不完，奶奶听到我们几个小孩的欢声笑语，偶尔也过来逗我们玩一会儿，在豆角架下歇歇脚，顺手抓起一把豆叶当蒲扇，虽然起不到很大的作用，但对于忙碌困乏的奶奶来说，坐在豆角架下扇风应该是一种难得的享受吧。我们看到奶奶来了,便停止了嬉闹,一齐抱着奶奶,恳求她给我们讲故事。

风轻轻吹入豆角架下,送来了一丝丝的凉爽,还伴着一阵阵红豆角特有的清香,红豆角被微风吹得摇头晃脑。我倚靠在奶奶的肩膀上,听着奶奶讲精彩动人的故事。每次摘红豆角,我们总是兴致勃勃地出门,满心欢愉地归家。

我渐渐地长大后,家里不知道从什么时候开始也不再种红豆角了。虽然在市场上偶尔见过一两回相似之物,但绝非我家种的那般味道。好多年没有吃过红豆角了,今天特意停下买了一把,希望能尝出当年的红豆角味。

红豆角是我一生甜蜜的回忆。

爱的回馈

人生旅途中，你如何待人，终将会得到同样的回馈方式。

一天中午，我正在午休，突然被手机铃声惊醒。一看是一个来自北京的陌生手机号码，我就没有接。不一会儿，手机铃声再次响了起来。我心想，打了两遍，应该不是陌生人，那会是谁呢？出于好奇，我接起电话。对方很兴奋地和我打起了招呼："老师好！我是××，好久不见，您还好吗？"电话那头的声音有一丝熟悉，刚开始我没有听出来，当她说出自己的名字后，我完全确定了。这是十多年前我曾经教过的一位女学生，虽然时隔多年，但是我依旧能想起她的样子。我俩一聊便是一个多小时，交流中得知她在北京工作，定于元旦那天结婚，邀请我去见证她的幸福。当时我感冒了，再加上工作、家庭各种原因，我唯有在异地祝福她。元旦当天上午，我正在吃早餐，她又给我打来电话："老师，好些了吗？我知道您来不了，可我还是非常惦念您，有点遗憾……"

又过了四天，我正在吃饭，突然收到一个快递，是这位女学生寄过来的一件羊绒大衣，款式优雅时尚。衣兜还有一封信："老师，感谢您当年的栽培和关爱。曾记得每个学期您总是故意叫我去扔废书废纸，当年我也没有想过那么多，以为那是老师您不要的废纸，反正能卖钱，我就不肯丢掉，每次都能卖好几十元。长大以后我才慢慢明白，您是故意以这种方式帮助我的。"这位女学生十分乖巧懂事，但自尊心非常强，我若直接给她钱，她肯定不会要；我若直接告诉她卖废纸，她卖了钱肯定会还给我——所以我只能叫她拿去丢掉。她是一个十分勤俭节约的孩子，我知道她不会轻易丢掉可以卖钱的废纸废书的。再说，当年我也穷得叮当响，想攒点闲钱又谈何容易？只能想出这样的办法给她一点儿小小的帮助了。如今十多年过去了，没料到她还记得一清二楚。我继续把信往下读："老师，感谢当年您寄给我的那件'温暖牌'外套，至今我还保留着。我前后搬了几次家，都舍不得丢掉。曾记得那一年天气特别冷，是您那件外套温暖了我，之后又陪伴我度过了几个严寒的冬天。"我突然想起来，那一年冬天，我和校长去家访，了解到女孩的家庭非常特别，父母离异了，双方各自成了家，互相推脱抚养之责，无奈之下，女孩跟着年迈的奶奶相依为命。家访那天，天气干冷干冷的，女孩穿着一双拖鞋在门口洗菜，身上冻得青一块紫一块，怪可怜的，让人看到既心疼又心生同情。回校后，当晚我翻来覆去总睡不着，一直记挂着那个女孩。于是，第二天我给她买了一件蓝色外套,只愿能带给她一丝温暖。俗话说:"赠人玫瑰,手有余香。"当时我也没有想那么多。

  时间一晃就是十多年,我几乎已遗忘,可她仍然记忆犹新。也许这就是爱的回馈吧。的确,别人对你的态度,取决于你对别人的态度。

悲凉的人心

二月时节，寒意依旧，连续几天都下着绵绵细雨，冷风无情地袭向了行人。街上每个角落都弥漫着潮湿又冷冰冰的气息，让人感觉不到丝毫的温暖。

清晨，纵使天气如此恶劣，也阻挡不住人们前往市场的脚步。市场早已热闹非凡，人声鼎沸。我也急急忙忙地去市场凑热闹。一个拐弯处，突然，一声怒斥传到我的耳际："站住，你是干吗的？"整个市场随之震动了，不少市民纷纷驻足围观。我也不由自主地停下了脚步，顺着怒斥声望了过去：一位约莫六十岁的女清洁工，面容憔悴，苍白的嘴唇在微微抖动。她一边歉疚地赔不是，一边把垃圾清扫起来，不敢有半点怠慢。旁边站着一个帅气的小伙子，看上去文质彬彬，一表人才。小伙子很不耐烦，看样子，他恨不能把老人吞下肚似的。他的脸色黑过锅底，声音尖锐又带有怒气，其间有着怎样的隐情呢？

原来，清洁工凌晨三点钟就出来扫大街了，收拾了满满一袋垃圾。或许是过度疲劳，或许是饥饿不堪，猛然间手一滑，不听使唤的垃圾顷刻间像流水一样无情又迅速地洒了出来,刚好倒在了这个小伙子的鞋子上,给鞋弄脏了。本来仅是一件小事,可小伙子居然气急败坏地把清洁工臭骂了一顿,并且要向老人索赔一千元。清洁工每个月工资还不到两千元,这一千元对她来说简直就是一个天文数字!清洁工用颤抖的声音问小伙子能否减少点,小伙子怎么也不肯让步,继续用冰冷的话语攻击对方。多么悲凉的一幕啊!多么无情的人心啊!这时我不由感慨万千:有些人怎会变得越来越冷漠?尊老爱幼是咱们中华民族的传统美德,更是咱们中国人的人性风采。孟子说:"老吾老,以及人之老;幼吾幼,以及人之幼。"谁家没有父母?小伙子你又于心何忍?

　　这冬春交替之时,不仅天气多变无常,人心也变得悲凉。有些人的冷漠与蛮横像一把锋利的尖刀,让人感到阵阵疼痛。

插秧的往事

又是一年的插秧季节，我带学生春游时看到一位农民伯伯独自在田里插秧。这一幕深深地激起我对童年往事的回忆。

我出生在广东茂名，在我们家乡，每年的春季、秋季都要插秧，用家乡话来说是早季和晚季。早季一般是农历二月中旬前后插秧，农历五月底就可以收稻谷了；晚季一般是农历七月初插秧，农历九月底十月初就有收获了。我母亲向来都勤恳劳作，小时候我们自己家的农田种的粮食不够吃，母亲就租别人的田来多插一点儿秧。有些家庭条件好的、心地善良的人会直接送些田地给我们家种。多种一亩田稻谷，粮食就收多一些，这样才能解决全家几口人的温饱问题。每逢插秧季节，我都提心吊胆，因为我胆子小，特别害怕水蛭。

记得有一年春季插秧，父亲安排我先拔五十把秧再下田。虽然我内心极不情愿，还有些提心吊胆，但也得勇敢面对。我和父亲同时出门，他先下田去犁田，我下另外一块田拔秧。我们分头合作。父亲说："咱们比一比，看谁最先完成任务。"有父亲这句话，我立马来了劲头，果然争强好胜的我比父亲快一步。刚想沾沾自喜，突然听到身后的妹妹喊起来："姐，你的小腿上有一条黑虫！"我连看都没敢看，吓得在地上打滚。后来妈妈用烟火烧虫子才掉下来，原来是我最害怕的水蛭。后来，父亲犁好田了，他叫我把秧放到水田里，秧苗之间要保持一米左右距离。刚受到惊吓的我，不敢下田了，后来所有秧都是妈妈一个人放完的。

开始插秧了，父母的命令，我不敢违抗，不得不下田帮忙。我一边插秧一边盯着自己的腿脚。插一下，看一下双手，担心水蛭顺秧爬到我的手上。一会儿看手，一会儿盯脚，左顾右盼，心神不宁。大约用了三小时，我们才把一亩秧插完，我应该是充数的那个，毕竟浪费时间看水蛭了。

小时候插秧，我不怕晒，也不怕累，而是害怕水蛭会悄悄爬到我的腿上。事情虽然已过去将近四十年，但是永远也忘不了农忙时节的担惊受怕。每当想起插秧，我总会莫名其妙地起鸡皮疙瘩，最后又一个人笑起来。

蝉

好久没有听过蝉鸣了,今天刚好在老家。凌晨五点,我习惯性醒过来,却怎么也听不到蝉声。

记得以前我家门口有一棵波罗蜜树和一棵龙眼树。每当清明节前,蝉总像时钟一样按时"嗡嗡嗡"地鸣叫,提醒人们出去工作。蝉鸣好响好吵,甚至我们在家都听不见彼此说话,有时真的让人心烦意乱,恨不得往树上喷农药消灭它们。

小时候,我经常跟着奶奶去捉蝉。不知道是任务还是乐趣,连我自己都不清楚。每当春暖花开,百鸟争鸣时,蝉也凑热闹似的叫个不休。每天早上,奶奶带我去村里最偏僻的地方捉蝉,每次都是收获满满。晚上吃过饭,奶奶又点起油灯带我们到后面竹林里照蝉。捉回来的蝉,嫩的用油煎当菜吃,而那些长出了翅膀的蝉则炒熟喂鸡鸭。总之,每次出去一定是满载而归。开始我并不敢吃,也不忍心吃。奶奶说:"吃了蝉,眼睛会明亮好多。"奶奶多次劝我吃。一旦开口吃了,一定会喜欢上那种味道。炒熟的蝉香喷喷的,我最终还是抵挡不住美味的诱惑。

我曾经把捉来的蝉放在一个笼子里养着。有一次我随奶奶到山坡上放牛,黄昏时候我们才回来,邻居家的阳桃树上爬满了蝉,密密麻麻的。我顺手去捉,当时手里没有袋子装,于是就掀起衣服把蝉包起来。我请求奶奶,这些蝉是我捉的,让我安排,奶奶答应了。我把它们放入妈妈编织的竹篮子里养了起来。年幼的我竟然以为蝉是可以再养大一点儿的,我费尽心思喂它们。为了养蝉,我采了菜叶、草和树叶丢入笼子里给它们吃。一个星期后,我想看看它们长得多大了。谁料笼子一打开,一笼子的虫在蠕动,把我吓坏了。从那以后,我才了解蝉的生长变化原来是如此奇妙。

今天早上,门口静悄悄的,我依然听不到蝉声。我突然有所感悟:时代变了,环境变了,人也变了。捉蝉早已成为过去式了,唯有深藏内心慢慢回忆。

春游粤龙山

早在几年前,我已耳闻高州粤龙山大有名气,一直想找个机会去看看。加上在抖音刷到粤龙山上培植有不少多彩的杜鹃花和三角梅,春节皆是花开正浓时,十分美丽。于是,我怀着爱花、赏花之心,决定邀约父母还有兄弟姐妹一同前往高州粤龙山。

高州粤龙山是茂名地区人人皆知的一处景点,它位于高州市城东山美街道官杨村。景区内溪流众多,奇石连堆,吸引了不少游客从四面八方纷至沓来。

粤龙山景区门口就美得就让人惊叹不已。杜鹃花和三角梅不仅花团锦簇,五彩斑斓,还香气盈溢,沁人心脾。游客宛如成群结队的蜜蜂,盯着这些花朵赞不绝口。园内更美丽。空气清新,香气弥漫。人头攒动,在暖阳的辉映下闪闪发亮,异常耀眼。远远望去,真像海上翻滚的波浪。我从茫茫的人潮中感受到春节的热闹和春天的气息。五颜六色的花朵正竞相争奇斗艳,让人目不暇接。那浓郁的香气一阵阵袭来,真是花如盛世,都是赶着时节而至。

满山遍野都是杜鹃花和三角梅，无比壮观。它们好像在比美似的，互不相让，互不低头。向远方眺望而去，杜鹃花更吸人眼球。红红的花儿，绿绿的叶儿，红绿相衬，分外和谐。杜鹃花的花期较早且持续较长，早春时节可持续两三周。三角梅花期可长达五个月左右，在冬日的暖阳下，更加烂漫夺目。它虽然没有玫瑰花那般火红，却也不逊色；虽然没有桂花那般十里飘香，但也清新宜人。花丛间，彩蝶纷飞，蛙声虫鸣，加上游人的欢声笑语，简直就像进入了音乐大厅，既悦耳又热闹！小朋友们喜欢在花海中追逐嬉戏，捉蜂引蝶。我们家的几个小朋友也玩得不亦乐乎，任凭大人怎么哄都不肯出来。

　　春节，这个意义非凡的日子，我们来到繁花似锦的粤龙山景区，感受绽放在春韵中的独特之美。一种春的甜蜜种在游人的心田里，一种春的幸福扬上游人的眉梢，游人与鲜花构成了一片五颜六色的花海，一切都显得光芒四射，人与自然的和谐交织成一曲深情的乐曲，在高州上空久久回荡。

当荔枝成熟时

真好,又是一年一度荔枝成熟的时节!漫山遍野的荔枝,一团团、一簇簇,多么像一盏盏小小的红灯笼高高地挂在枝头。晨曦洒满绿叶,闪闪发光。在微风的吹拂下,树冠上似有红色波浪在翻滚,远远望去,简直是一片红色的海洋。

荔枝的长相与众不同。它没有苹果那圆润光滑的外表,也没有桃子那娇嫩的皮肤。荔枝裹着一层坚硬的外壳,上面长着密密麻麻的小疙瘩,摸着有些扎手,但是人们从不嫌弃它。反之,人们只要远远看到荔枝就心生爱慕。

荔枝的营养价值非常丰富。它含糖量高,富含蛋白质、维生素等。荔枝的果肉具有补充能量、促进食欲、补虚益肺的功效。

荔枝的品种有很多。在电白,常见的荔枝品种有"三月红""黑叶""桂味""糯米糍""妃子笑""白腊""白糖罂"等。电白流传着一句俗语:"立夏枝头红,夏至树梢空。"的确,"三月红",顾名思义,在农历三月就红透了,立夏前后便可采摘。送走了"三月红",又迎来了其他品种的荔枝。"黑叶"的果实产量比较高，因此大多数农民都喜欢种植这个品种。

　　这么多品种中，我尤其对"桂味"情有独钟。"桂味"和"妃子笑""白糖罂"相比，味道更浓郁，更加多汁，甜度更高。它的果肉透亮得如羊脂，肉质厚，核细小，香味浓，爽脆清甜，还伴有一股淡淡的桂花清香，令人闻之欲醉。

　　吃荔枝是一种享受。轻轻剥开薄薄的外壳，水润滑嫩的果肉宛若一颗晶莹剔透的珍珠在闪闪发亮，绽放光芒，令人垂涎欲滴，迫不及待地把果肉塞进口中，尝个新鲜。乍一入口，一股清甜伴着一丝丝清凉袭来。咀嚼后方能品尝出更加香甜爽口的滋味，让人回味无穷。一颗两颗根本就吃不过瘾，爬到树上去亲自采摘乐趣更浓。即使烈日当空，也无法打消人们上树采摘荔枝的积极性，因为新鲜荔枝的味道更鲜甜爽口。如果你来到我们的家乡，我准会请你到果园里饱餐一顿。

　　今年，茂名的荔枝又是大丰收，荔枝园里陆续热闹起来了。果农们早早就到果园摘荔枝去了，站在山坡上，随处可见忙碌的身影。大农场的工人们更忙碌，现在所有的荔枝都是现摘现销。分拣、打冰、包装、装车，每道工序有条不紊地进行着。无论是果农还是工人，他们汗流浃背的身影，让人感到一阵阵的心疼。但是在收获的季节里，大家的脸上并没有忧愁，而是丰收的喜悦和满意的笑容。

登临芙蓉寺

周末,天阴多云,气温比前几天降了些许。秋日气候宜人,正是出游的最佳时机。于是我和妹妹一起去了一趟芙蓉寺。

芙蓉寺位于东莞市黄江镇宝山森林公园内,据说始建于明朝崇祯十二年(1639)仲秋,至今已有近四百年的悠久历史。近年来,在当地政府的有力倡导下,当地村民共同捐款重修芙蓉寺,但整体依然保留了明朝的独特风格。

我们姊妹俩初到芙蓉寺,站在芙蓉寺的大门外,抬头仰望着湛蓝的天空,它是那么广阔无边,那么清晰明朗。鸟儿成群,自由纷飞,构成了一幅幸福的画卷。我斜眼看了看妹妹,凉风徐徐吹拂着她恬静又清秀的面容,那双明亮的眼睛显得那样欣然与满足。微风轻轻地吻过我的脸颊,温柔地梳理着我的长发,给我捎来了一丝丝凉爽和无限的惬意。我的目光追随一只快乐飞翔的小鸟望去,寺门外几排树木别样青翠,完全没有秋天的萧瑟。芙蓉寺布局精妙,古色古香的庙宇巍峨,雄伟壮观。真是一处神圣的祈福之地。

入寺必经乌龟池,池子里的水虽然浑浊不清,但一眼便能看见各种各样的乌龟在招财纳福,不禁让人心底也升腾起许愿的欲望。

我小心翼翼地进入沉静优美的芙蓉寺院内,突然,一股浓郁扑鼻的桂花香味儿随风而来,令我整个人都感到神清气爽。耳畔响起《大悲咒》,这旋律让人心生悲悯。我们驻足在香炉前,看到院内香烛旺盛,但入寺烧香的人寥寥无几,因为此刻已是下午,显然我们与其他信徒擦肩而过了。我们继续向前走,途经山门、天王殿、伽蓝殿、地藏殿、功德堂等,远远便可望到大雄宝殿,右边有一座小山,一条小溪环绕其间,溪流潺潺,清澈见底。

我们拾级而上,大雄宝殿前摆放着大大的香炉,里面的香火特别旺,殿中央供奉着两尊菩萨。人们祈福的方式不同,有的喃喃自语,有的默默无声地烧香跪拜,但来者都是为了一个共同的目标——祈求心中所想。

从大雄宝殿出来,我们继续往后面的藏经阁走去,却发现藏经阁还在修建中,虽然未对外开放,但也可窥见一排排崭新的书架。

天色将晚,即使还想再看看后面的那座宝山,也得等下一次了。愿宝山永远保持着盎然的绿,愿芙蓉寺永远让人有求必应、如愿以偿。

第一次摘桑葚

我对桑葚树并不陌生,也吃过不少桑葚,但自己从来没有动手采摘过。今天有幸在邻居阿玲的带领下,亲身体验了一次采摘桑葚的乐趣。

阿玲不仅是我的邻居,也是我的好闺密。她今天原本在亲戚家聚餐,知道我回来了,特意提前回来带我去她家的园子采摘桑葚。其实,她若不说,我根本就不知道她家种了桑葚树。听说桑葚具有补血滋阴、生津止渴等功效,可以生吃,也可以煮水喝,还可以泡成桑葚酒。阿玲这么一提,我心血来潮,兴奋地飞奔而去,忘了戴眼镜,也忘了戴草帽。

午后的太阳猛烈如火,我愉快地跟随阿玲走进她家的园子。这里曾经是二公和二婆在世时住的地方,如今安静极了,没有昔日的蝉鸣蛙叫,也没有蜜蜂的嗡嗡嘤嘤,只有几只蝴蝶翩然飞舞,不知是不是二公和二婆的化身过来欢迎我们的。进园的那一刻,我的心情既紧张又沉重。

园子里种着一棵并不高的桑树,枝繁叶茂的,还结了沉甸甸的桑葚，不用爬树，人站在树下就触手可及。枝叶间色彩斑斓，绿的像一条条蠕动的蚕，红的像一块块闪闪发亮的红宝石，紫的像一块块晶莹剔透的紫水晶。园内虽然仅有一棵桑树，但满眼的桑葚看得我眼花缭乱。阳光透过绿色的桑叶，桑葚在微风的吹拂下舞动起来，绽开灿烂的笑脸，甚是惹人喜爱。

我们没有提篮子，也不戴手套，只拿一个袋子，随心所欲地采摘。只要轻轻一碰，有些紫得发黑的桑葚就掉落下来。开始我还以为紫色的是坏果，阿玲告诉我，先摘紫色的，熟透的桑葚味甜，不摘也会掉落，怪可惜的。红色的是未熟透的桑葚，可酸了。于是我小心翼翼地扒开桑叶，轻轻地摘着：一颗、两颗、三颗……一颗颗桑葚，宛若一颗颗紫色的珍珠。阿玲说："你可以一边摘一边吃，这里没有喷过农药，非常干净的。"说着，她一颗接一颗地吃了起来。本来我还担心有虫子，或是不干净，不敢张嘴吃。看阿玲吃得津津有味，可过瘾了，惹得我垂涎三尺。我说："那我也来尝尝鲜！"我瞄准一颗紫得发黑的桑葚，摘下来放入口中一尝——一种甜中带酸的味道，特别爽口。只要吃了第一颗，就想吃第二颗，让人根本就停不下来。阿玲摘得可快了，不一会儿，我们就摘了满满一大袋子。

今天第一次摘桑葚，即使烈日暴晒，我也感到无限欢愉。

电白风情

每个地区都有其独特的民俗。我想介绍一下我的家乡——电白的别样风采。

相传，古时的电白为干旱之区域，一年四季多有雷电，夏季雷电尤其多，常常导致农作物被毁，人畜被伤，因此电白以多雷电而得名。

电白区，隶属广东省茂名市，位于广东西南沿海。电白有气势磅礴的大海，有高耸入云的山岭，有葱翠欲滴的荔枝林园，是充满魅力、繁华热闹之地。如今的电白充满活力，焕发勃勃生机。半山半海是电白的特色，青山绿水，人杰地灵。

电白物产丰富，美食花样繁多，如霞洞豆饼、观珠捞粉、水东鸭粥、坡心发粝，深受电白人的喜爱与欢迎。在电白沿海一带，海鲜更是人们热衷的风味。只要见到丰腴肥美的螃蟹和琳琅满目的鱼虾，还有花色斑斓的海螺，有谁忍得住不去"抢"呢？每天清晨，水产市场人山人海，熙熙攘攘，那场面真是热闹非凡。有条件、有时间的人干脆直接开车前往海边，各色海鲜应有尽有，任君挑选，总会满载而归。在电白，每逢年节，家家户户的饭桌上都少不了鲜美的海鲜。

外省的水果一般都是在秋季采收，而我们电白的水果则在夏季迎来丰收，这也是电白的特色之一。电白山区风景优美，土地肥沃，盛产各种水果。每逢夏季，到处瓜果飘香。一串串荔枝，宛如一颗颗红宝石，在太阳的光辉照耀下，闪闪发亮。一到夏季，荔枝的甜香浓郁扑鼻，剥开外壳，就能看到那晶莹剔透的新鲜果肉，令人垂涎三尺，迫不及待想吃上一口水润润的荔枝。端午节前后是荔枝大熟大红之时，不少沿海地区的人都来到山里，亲手采摘荔枝别有一番趣味。无论太阳多晒，无论天气多热，也阻挡不了人们上山的兴致。

每逢我返乡，不是往海边赶就是往果园跑。是习惯，更是乐趣。无论身在何处，我总会深深怀念电白的独特风情！

蝶伯

小时候，和我家挨得比较近的一位好邻居，我们平时往来比较多，不是亲人，胜似亲人。他比我父亲的岁数大，论辈分是我的伯伯。他的名字叫阿蝶，所以我管他叫蝶伯。

我印象中的蝶伯三十五岁左右，国字脸，中等身材，样貌帅气。由于经常咳嗽，需要服药，看起来像五十出头，因此他依然是个单身汉。听大人们说他患有肺气肿。幼时的我根本就不懂那是一种什么病，只知道蝶伯有病，常年煲药吃，走路有些驼背，也没有劳动能力，那是久病的后遗症。有一次，我见到他咳到晕倒在地，赶紧跑去叫他家的兄弟姐妹过来，把他送往医院抢救。

蝶伯心地善良，为人忠厚老实，村里人都很敬重他。

有一天，我放学回家，家中没人。此刻的我饥肠辘辘，门又打不开，只好蹲在门口等了。我胆子小，那年月农村不仅疯狗多，疯子也多，到处乱窜，真令人害怕。蝶伯路过，看到我蹲在门口，用柔和又亲切的声音问道："你饿了吧，阿伯去煮碗面条给你吃，先解解饿。等下你家人就回来啦！"我连忙点头感谢。

不一会儿，蝶伯就给我端来了一碗热气腾腾的面条，上面还有两只荷包蛋呢。我兴奋地接过蝶伯手中的碗，狼吞虎咽地吃了起来。这一碗面条是我这一生中吃过最鲜美的味道。

平时，蝶伯经常给我送好吃的。他煮猪肉粥或猪杂汤时都会特意煮多两碗，给我家送来，一碗给我，另一碗给我妹妹。如果我们不在家，他也会留出来，等我们回家再端过来。年复一年，日复一日，我们没少得到蝶伯的关照。

有些坏邻居故意挑拨离间，疏远我们的关系。张婶说："你们天天吃蝶伯的东西，难道不怕他传染你们吗？"意思是蝶伯有肺病，大家都要避开他。但我一点儿也不怕，因为蝶伯把家里打扫得一尘不染。而且，他很有分寸，自己吃过的食物绝对不会给我们吃，哪怕是剩余的，也都倒掉喂狗了。蝶伯为人正直，时常替我们着想。因为身体不好，蝶伯干活时很难蹲下去，所以奶奶叫我要经常去帮他洗衣服、挑水。我们闺密几个总是去帮蝶伯的忙，大家伙都抢着干，分头合作，团结互助。这种乐于助人的精神也一直指引我前行。

每当想起蝶伯，我既怀念又难过。

感念师恩

寒风像一个顽皮又淘气的野孩子，恶作剧般地掀开了冬天缥缈的面纱，让人猝不及防。

清晨，我刚睁开惺忪的双眼就看到学生发来的问候："老师，天气转凉了，记得添衣保暖。"这普普通通的信息却让我喜极而泣，心花怒放。上班的路上，尽管凉风袭来，我也感到温暖。那些深藏在冬天里的回忆浮上心头。

曾记得我的读书时代，初中起便在校住宿。初二那年，立冬刚好是星期五，那天下着小雨，让人感到凉飕飕的。我没有外套，只穿一件短袖坐在教室里早读，阵阵寒风从窗户透进来，仿佛只吹向我一个人，冻得我连声音都发抖了。骤然降温，中午必须得回去添衣，可是衣服从哪里来呢？借，买，还是回家拿？我无计可施。中午放学后，同学们三五成群相约赶圩买衣服，而我身无分文，宛若一只折了翅的鸟儿，怎么也飞不起来，只能望而却步。家里离学校有十几公里远，在当年那个交通不便和科技落后的年代，道路还没有硬底化，下雨天总是泥泞不堪。往返需将近两小时，而午休只有一个半小时，若回家取衣服肯定来不及。该如何是好？正当我内心挣扎，不知所措，被英语老师点名叫了出去。我以为老师是来批评我的，吓得嘴唇发白。走到教室外，我甚至不敢正视老师，可还是鼓起勇气等待老师的严惩。没料到老师却塞给我二十元钱，并再三叮嘱我必须去买一件外套，千万不能一直忍到星期六。我心底涌起一阵感激，对这位如亲人般的老师心存感恩。那时的我，性格内向，稚气未减。我腼腆地接过老师的二十元钱，急匆匆又兴冲冲地跑到圩上买了一件红色外套。就这样，我拥有了一件世界上最漂亮也最温暖的外套，我穿在身上，许久都舍不得脱下来洗。

  时光匆匆，我与老师阔别已多年。随着时间的推移，好多事情都慢慢地淡出了我的记忆，可这一段师恩我永远铭记于心，不敢淡化与模糊。四季更迭，如今又降温了，我多想亲口对老师说一声："老师，别着凉了，记得添衣保暖！"可是时间已在不知不觉中消逝，在这个物是人非的大千世界里，我却再也找不到当年的那位老师了。成年人的世界里根本就没有"自由"二字，好多事情身不由己，这一段师恩我唯有铭记，却没有资格惦念。

海滨之城

一天,我在辅导外甥做暑假作业时,无意中翻到一篇课文,题目是"海滨小城",我不禁想起我可爱美丽的家乡——茂名。

我的家乡茂名位于广东省西南部沿海,是一座众人皆知且具有特色的海滨城市。尤其是近几年来,电白区的旅游发展水平在不断提高。景区别具特色,风光秀丽,景色宜人。海边主要旅游景点有:中国第一滩、浪漫海岸、放鸡岛、童子湾、虎头山、水东湾栈道等。海滩上一年四季人流涌动,热闹非凡。尤其是夏季,吸引了不少游客前来。

我从小就深深地依恋大海,喜欢海滩。常常与同学们相约去虎头山玩。那时交通还没有如今这么发达、方便,我们常常骑自行车出游,一玩就是一天,路程遥远也无法阻挡我们去海边游玩的激情。

随着经济的发展,社会的进步,人们的生活水平也不断提高,如今交通也方便多了,海边的风景也更胜一等。若是游客自驾去海边游玩,一天可以去好多个景点。我每次都会先到"中国第一滩"。站在金黄色的沙滩上，看着那浩瀚的大海，听着浪声澎湃，让人心旷神怡。眺望远方，蓝蓝的海水，一望无际，波涛汹涌，无限美丽。再仰望天空，碧空如洗，海平面与天际线融为一体，水天一色。天空中各种各样的海鸟成群，自由纷飞，颜色不一，可爱极了。站在海岸上，人与自然浑然一体，构成了一幅绚烂又多彩的画卷。

海边是一片软绵绵的沙滩，遍地都有五颜六色的贝壳，形状各异，夕阳西照下光彩夺目。放眼望去，家长带着孩子们在海边捡拾贝壳。孩子们精心挑选心仪的贝壳，不亦乐乎。

夏天的海边更是让人流连忘返。海风徐徐，特别凉爽。天上的白云笼罩着蔚蓝的海岸，让人惬意满足。

我喜欢海滩，不仅喜欢迷人的景色，更喜欢看到一艘艘船凯旋的阵势。朝着白茫茫的大海远远望去，顺着海风传来了欢声与笑语，不一会儿便会看到一艘艘船陆陆续续返航。渔民满载而归，船上满是闪着光泽的鱼、虾、蟹、螺。船队一靠岸，海滩上立即喧闹起来，又迎来了一阵阵的欢腾。

总之，海边总是使人感到惊喜不断，兴奋不绝。欢迎您常来茂名这座海滨之城，感受别样的风采，享受海边独特的风情，准会让您满意！

喝酒惹的祸

寒风呼啸，把田里的农作物吹得飒飒作响。一个年仅七岁的小女孩正提着菜篮子，在离村口两公里之外的河边摘野菜。成群的鱼儿都赶来为她做伴，让小女孩不再孤单。她一边摘野菜，一边陪着鱼儿说话。小女孩和鱼儿无话不说，渐渐地，她们成了好朋友。小女孩恨不得把自己的苦恼和鱼儿统统都吐露出来。每天来河边摘野菜，她都玩得很开心，忘了烦恼，也不再寂寞。小女孩一点儿都不想回到那个冷冷清清的家，因为家里除了她自己，再也没有其他亲人陪伴。三年前，小女孩的爸爸妈妈离了婚。如今，爸爸因脑出血躺在医院里半年多了，年迈的奶奶经常去医院照顾爸爸，家里就只剩下小女孩一个人。身无分文的她，饿了只得去河边摘野菜回来充饥。虽然左邻右舍隔三岔五也会给小女孩送来食物，但小小年纪的她十分乖巧懂事，尽管肚子饿得咕咕直叫，她也从来没向邻居要过半根葱。有人说这小女孩长大了一定会有出息。因市医院离家很远，爸爸住院期间，奶奶偶尔才回来看她一眼，多数时间都是在医院守着她生病的爸爸。

小女孩原本也有一个幸福的家。但她爸爸非常爱喝酒，因此走上了不归之路，也把这个家弄散了。三年前的一天，她爸爸又喝酒去了，半夜都不见他回家。第二天，爸爸的好友传来了消息：小女孩的爸爸喝醉了酒，骑摩托车回家的路上摔得头破血流，挺严重的，正在医院抢救，让她妈妈送钱去救治。小女孩的奶奶得知消息后差点晕过去了，她妈妈也是心急如焚，不知所措。小女孩的爸爸没有固定单位，跟着建筑队到处打工，已经大半年没有开工了，家里的重担全都落在了妈妈的身上。小女孩的妈妈耕田种菜，再挑到镇上卖。一家人靠妈妈卖菜那一点儿微薄的收入支撑着生活。虽然生活十分拮据，但妈妈很爱这个小家，她坚信风雨过后一定会见到彩虹。只要小女孩爸爸身体恢复，生活就会好起来的。小女孩的妈妈暗暗下决心，默默地努力，甘愿为家付出全部。然而，住院的医疗费对这个家庭是一个天文数字。无奈之下，她妈妈厚着脸皮回娘家借，在小女孩舅舅的帮助下，东拼西凑，好不容易才把医疗费交齐，小女孩的爸爸得救了。出院后，又要营养，又要休养，又过去了半年，他一直没能出去打工，小女孩的妈妈肩负重担，生活更是难上加难了。但妈妈依然没有放弃。小女孩的爸爸身体恢复正常后，因为没开工在家闲着，于是经常跑到邻居家小酌一口，她妈妈多次劝阻，她爸爸总是不听。一天晚上，她爸爸又喝醉了，拖着沉重的步伐回到了家。压抑已久的妈妈再也忍不住了，和爸爸干起架来。爸爸借着酒劲，把妈妈毒打了一顿，打得鼻青脸肿。就这样，等爸爸酒醒之后，妈妈便提出离婚。伤透了心的妈妈去意已决，任凭小女孩怎么哭、怎么苦苦哀求也无法挽回了。那年小女孩只有四岁，懂事的她站在门口双眼含泪，目睹了妈妈的离去，泣不成声。从此小女孩没有了妈妈的疼爱，只能跟着爸爸和年迈体弱的奶奶一起生活。

爸爸妈妈离婚后，小女孩变得特别自立，每天学着邻居家哥哥姐姐读书，不懂的便向人请教，为了打好扎实的基础，提前做好上学的准备。小女孩六岁时，她爸爸也开工了，家里有点收入了，小女孩的学费终于有了着落。家里好不容易才走上正轨，可是她爸爸依然对酒沉迷至深。一天晚上，小女孩的爸爸和朋友喝完酒回到家，突然感到头晕，手脚无力……再一次住进医院。经医生诊断，小女孩的爸爸这次患的是脑出血。从此，小女孩上学的美梦被打破了。

原本幸福的家一步一步地走向衰败，都是小女孩爸爸喝酒惹的祸！希望广大朋友应酬时要适量喝酒，千万不要贪杯。一时间的酣畅淋漓，有可能失去健康，也有可能走上不归路。

红绿灯下的温暖

风，呼呼地刮着，拂过大街小巷，掠过高楼大厦；雨，哗哗地下着，肆无忌惮地袭向每个行人。

上完课，我走在回家的路上，来到一个纵横交错的路口。行色匆匆的人们正在路口焦急地等待着绿灯。一个中年男人拄着拐杖，也来到人群中驻足等待。旁边是一对夫妻，丈夫开着一辆三轮车，载着妻子和几大捆毛衣。妻子见状，连忙俯身在丈夫的耳旁细语，丈夫听后赶紧把车向前挪了一下，也许是担心给这位残疾大哥带来麻烦。人群拥挤，喧闹声随风入耳，有人在谈论着天气，还有人在抱怨着拥挤……而我在心底默默祈祷着每个路人都能平安出行。

红灯倒计时开始了，绿灯一亮，大家都一窝蜂向前走，场面顿时混乱起来。我望向那位残疾大哥，突然担心起他的安危来，满脑在猜测各种"可能"，真不敢想象万一他走在路中间时红灯突然再次亮起，其他路口的车辆又疾驰而过……我离他很远，多希望能有一个人来搀扶他一下啊！这时，一位交警出现了，他来得好及时,像一场及时雨。这位交警匆匆跑了过去,像一阵风一样来到那位残疾大哥的面前停了下来,又搀扶着他往对面走去。那温柔的动作,那坚定的背影,此刻仿佛散发着光芒,照亮了四面八方路人的心。他们刚刚走过路口,红灯按时亮起,像是祝贺,又像是表扬,喜庆又及时。我终于松了一口气。那位残疾大哥原本苍白的脸上露出了喜悦的笑容,激动地对交警连声说谢谢。大家都向那位助人为乐的交警投去赞许的目光。

  风依然在刮,雨依然在下,但我一点儿都不觉得厌恶,因为那路口有着满满的温暖和爱,这小小的举动在不知不觉间温暖了每一个行人。虽然这件事已过去许久,可这一瞬间的温暖依然蔓延在我的心里,永久镌刻在我的脑间。

欢庆元旦

元旦，标志着新的一年开始了，迎来了新的希望。

2024年的元旦如期而至，这一天阳光灿烂，气候宜人，给新的一年开了一个好头，每一颗炽热的心都充满了无限的期待。

元旦前一晚，即将迎来新的一年，相信每个人都随着倒计时心跳加剧。大街小巷热闹非凡，每一个角落都熙熙攘攘。跨年的欢庆气氛十分浓郁。

东莞生态园人山人海，原本清幽的环境也变得人声鼎沸。游客在湖边搭满了帐篷，摆出了各种小吃。约上亲朋好友，围聚在一块儿野炊，吃得津津有味，其乐融融。大家一边吃一边聊，这团圆幸福的画面，令人向往和羡慕。有些游客直接在地上铺一张席子，四人一伙打起扑克牌来，玩得不亦乐乎。

我和朋友也相约烧烤，只不过我是来凑热闹的，只动口不动手，因为我的烧烤技术不佳，尤其是调味。一位湛江老乡的烧烤手艺堪称一绝，她动作娴熟，火候掌握到位，调味更是征服了我们的味蕾。

我们旁边的帐篷很特别，这家有二十多人，帐篷不仅搭得宽敞，还装饰得独特美观。白色的帐篷里里外外都挂上了气球和小灯笼，生活用品也十分齐全，凳子都是那么精致，可见准备者的用心。

我的目光追随着人群中的一个小女孩望去，她独坐在一张书桌前，不顾别人正吃喝玩乐，叫喊嬉闹，安静地练着书法，一笔一画都是如此认真。整个生态园似乎也涌起了一股墨香，我看到了一个孩子的"野心"以及对生活、学习的激情，看到了她怀揣着梦想在大自然中散发的光芒，看到了她对未来更高远的追求和展望。

我又环视四周，瞥见帐篷里的每一个人都面带笑容，欢笑声响遍整个生态园。

感谢苍天，今年的元旦带给人们春天般的温暖。在这个特殊的节日里，这份温暖让千家万户携手相聚，共赴一场团圆之约。

跨过 2023 年，迎来 2024 年，唯愿新年大吉，万事顺遂！

环游西湖

周末的清晨，天灰蒙蒙亮，阴沉沉的天空还飘着零星雨点。虽然天气转凉了，但是也阻挡不了我们前往惠州环游西湖的脚步。

惠州西湖风景如画，是远近闻名的风景名胜，更是观光休闲的好去处。这里有丰厚的历史文化底蕴，素以六湖、九桥、十八景而闻名。苏轼曾赞誉"惠州山水秀邃"，他的文墨吸引了五湖四海的游客前来游赏，西湖因此出名。史料有云："大中国西湖三十六，唯惠州足并杭州。"

到了西湖，从北门直入，四周山峦环绕着整个西湖，空气清新，山水浑然一体，不知是山围着水，还是水绕着山。

我们向西湖中央迈步，迎着九曲桥一边散步一边拍照，大风拂过我的耳际，这旋律如歌声般抑扬顿挫，激昂洪亮，让我情不自禁陶醉其中，忘了世界，也忘了自己。

西湖的水清澈见底，绿藻点缀其间，更增添了几分秀丽。站在湖边，微风徐徐拂面，使人感到惬意松弛。湖面是成群的鸟儿在自由飞翔，挥舞着那轻盈的翅膀，分明是前来欢迎游客的，也为西湖增添了几许魅力。西湖不仅是游客的乐园，更是群鸟的天堂。虽然我们是冬天游湖，但是冬也有它独特的韵味，一点儿也不比春天逊色。那美不胜收的景色映入我的眼帘，让我目不暇接。此时此刻，唯有拍照才能将美景定格成永恒。

绕过了东坡茶馆便是西湖高塔，这是湖上最具特色的景点之一。独特的红砖堆砌成楼阁式佛塔，古色古香。我们一圈又一圈拾级而上，尽管累得直喘粗气，也乐此不疲。我纳闷，谁赐给我们一步步高攀的勇气和力量？

下了塔，你会发现四周山岭环绕，山脉紧紧相连。右转便是苏东坡纪念馆，这是西湖东边的一座小山，内有东坡居士像，筑碑廊，收藏着不少与苏东坡有关的历史文物。苏东坡，一个流传千年之名，因为大家对他万分倾慕，所以多数行人到此地都会进去一览。

从苏东坡纪念馆出来，我们又返回湖边，突然发现，环环相扣的湖角，景色别无二致，但这并非原来之地。我恍然大悟，我们根本就游览不完整个西湖，唯有站在湖堤畅想春天的花红柳绿，百花争艳，在脑海中描摹那如诗如画的景色。我们依依不舍地走出西湖，把那里的一切记在脑中，镌刻在心里，久久难忘。

混乱的路口

　　清晨，天色朦胧，依稀能看到城市的一幢幢高楼在向黑夜挥手告别。

　　为了生活，马路上早已车水马龙，人们似乎都想趁着月色赶来凑热闹似的。尤其是苏坑路口，形形色色的路人熙熙攘攘。在常朗路拐入苏坑路处，车辆疯狂疾驰，行人根本无法过道。天色越来越亮，看到每个人紧绷着的面孔，想必大家都生怕迟到而焦急万分。

　　这时，一位中年妇女正想过道，她全神贯注地注视着左右两边来来往往的车辆，那充满焦急的双眼痴痴地望着对面，巴不得立刻就飞过去。可是接二连三的车辆使她不敢迈出一步，为了安全，她不敢冲动。

　　晨风扑面而来，让人感到凉飕飕的。中年妇女终于朝前迈进一步。此刻，迎面又有一辆汽车疾驰而过。看这阵势，司机肆无忌惮，傲慢无礼，根本不会留意马路上的行人。中年妇女被吓得瑟瑟发抖，想往后退却没有退路。后面的车辆也跟了上来，她只得孤零零地站在原地，一动也不敢动。这些车辆完全可以停下来，让行人先过去的，然而大家都在争这一秒两秒的时间，无人谦让。

混乱无序的马路上，鸣笛声此起彼伏，依稀传来一句谩骂："寻死吗？"但中年妇女毫不理会，就像根本没有听到似的。

汽车接二连三疯狂驰过，溅起了水渍。她抬起了头，饱含忧伤的双眼，向光亮的方向望去。她伸出粗糙的五指，又用力地并拢，仿佛想要抓住那浮动的光影，更想奋力把一丝暖意握在手中。

不知道等了多长时间，车流才逐渐消失。中年妇女终于走到了马路对面，那高大的身影也随着人流消失了。

这个混乱的路口，并没有斑马线人行道，行人过路十分危险。类似中年妇女一样过马路的行人千千万，不出事那是幸运。所谓"安全第一"，不仅靠行人，还得靠咱们司机让一让。我是一个胆小的司机，真希望大家都能文明行驶，也许就能避免悲剧。

欢乐在凤山飞翔

又是一年春来到，万物复苏，花红柳绿，给凤山郊野公园点缀得五彩斑斓。趁着这个春暖花开、草长莺飞的美丽时季，文友们相约凤山，探索春天的奥秘，享受春光的旖旎。

我最先到达目的地。门口"凤山郊野公园"六个大字耀眼夺目，在晨曦中熠熠生辉，恭迎每一位外来的游客入园。

晨风徐徐扑面，温暖和煦，有一些凉爽，却没有丝毫的寒意，让人感觉十分舒服。良久，文友们陆续到齐，由吴主席组织，秘书长领队，我们一边赏景一边聊天，无限快乐。

路两边的小草彬彬有礼地向我们点头，几棵大榕树也在风中摇曳，似乎在向我们招手。凤山郊野公园是那么辽阔，那么美不胜收。更加夺人眼球的是那花丛中成群的蜂蝶飞舞，构成一幅忙碌的春韵图，让人倍感心旷神怡。

我继续跟着团队前进，花草树木一派生机盎然。喇叭花树高大威严地挺立在路的两旁，虽然花儿落了一地，可是依然散发一阵阵清香。我们还看到了脱皮桉，它早已把那层厚厚的灰色"大衣"脱下来了,换上了鲜艳嫩绿的新装。一路上,那些若隐若现的绿在远处延伸着,给公园带来了无限生机!

一座大水库平躺在凤山脚下。传说水库的东南角曾是凤凰起飞之地,当时凤凰飞到山前,看到一片荒芜的山顶在朝霞的映照下闪闪发光,还弥漫着迷人的香气,因此情不自禁飞舞起来,所喷出的水珠化作甘霖润泽了整座凤山,荒凉的山岭顿时变得满目青绿。凤凰飞过的天空布满祥云,又化作甘霖滴落下来,在凤山脚下汇成一湖碧水,滋养了一代又一代人,凤山水库因此得名。

水平如镜,清晰见底,微风吹来,泛起阵阵涟漪,煞是美丽。凤山水库虽然没有大海的碧波万顷,可四周草木相映,百鸟啼鸣。水库下面,一对熟透的大荔枝景观雕塑,形象逼真,给凤山公园打造了别具一格的特色地标。

绕过水库向右转,我们沿着蜿蜒曲折的山路向山顶行进,太阳公公大发慈悲,收敛了阳光,让我们免于炙烤,一路享受着美好的春风,感受难得的悠闲与欢聚的惬意。我抬头仰望苍穹,碧空万里,那人与自然和谐的画面,顿时汇成欢乐在山顶飞翔……

劳动是一切幸福的源泉

　　劳动是一支有力的船桨,推动人生这艘大船破浪前行,让我们驶向梦想的彼岸;劳动是一座坚固的桥梁,架起我们的希望,让我们越过困境,走向美好的未来。总之,劳动是一切幸福的源泉!

　　劳动是建筑工人用血汗筑就的万丈高楼。随着科技的发展,人们的生活水平也在不断提高。无论是在城里还是农村,一栋栋高楼拔地而起,完全归功于建筑工人艰辛的付出。他们每天劳动洒下的汗水凝聚着我们的幸福,他们每天日晒雨淋换来了我们的安逸。每天晨曦初露,建筑工人就开始忙碌起来。他们起早贪黑劳动,不仅是为了自己和家人的生存,更是为了造福他人。

　　周末,我约几个闺密一起爬山,因为怕晒,所以我们早早就出发了,我以为全世界只有我们最早,没想到工地上的建筑工人比我们还要早。我们路过工地时,晨风中依稀传来叮叮咚咚的砌砖声、抛砖声、铲泥浆声……我的目光追随各种嘈杂声望去,十几个工人正挥汗如雨,干劲十足。我想,他们的手上、身体上、脸上应该都留下了不少伤痕吧，可是他们不在乎，为了将来更好的生活，为了一家人的幸福，再苦再累他们也心甘情愿。

劳动是农民伯伯用辛勤的双手在农田耕耘，创造粮食和财富。他们每天日出而作，日落而息，即使汗流浃背，脸上也洋溢着幸福的笑容。一个院子，一座果园，一方鱼塘，一亩田……都能让他们通过劳动托起一个温馨幸福的家。

我的家乡一年四季农作物丰富，春季有人心果，夏季有荔枝、龙眼、杧果，秋季有橙子、柑橘、柚子，冬季有甘蔗、玉米、红薯。这些不都是农民辛勤劳动的成果吗？

劳动是环卫工人日晒雨淋，把我们的城市打扮得既可爱又美丽。他们早出晚归，把每条街道、每个角落都打扫得一尘不染。如果没有他们清理，无法想象环境将受到怎样的污染。早上六点半，我走在上班的路上，看不见半点儿垃圾，可想而知，环卫工人早早就开始了工作，我仿佛看到了他们忙碌的背影，听到了清脆悦耳的扫地声……

劳动是可敬的医生时刻践行救死扶伤的崇高使命。他们以人民的健康为己任，竭尽全力让每位病人康复。好医生一定有良好的医德，为了病人能够早日脱离苦海，医生用精湛的医术与无私的奉献精神，书写着医者仁心的动人篇章。

劳动是尽职尽责的交警默默坚守着自己的岗位，保卫行人的安全。无论黑夜还是白天，不畏严寒酷暑，不惧恶劣天气，他们为了人们的交通安全，如同一座座屹立不倒的灯塔，守护着平安。

劳动是天底下慈母般的教师，用自己的青春谱写学生成长的篇章。教师是塑造灵魂的工程师，是天底下最光辉的职业。教师如春雨般滋润着每一株幼苗，润物无声。

　　总之，劳动最光荣！天底下劳动者千千万万，没有高低贵贱之分，每一位劳动者都值得我们尊敬和爱戴。只有辛勤劳动，我们才能把明天的生活过得更加幸福与美满！孩子们，请牢记使命，让我们传递劳动的可贵精神吧！

离愁

人有悲欢离合，月有阴晴圆缺。

时间宛若无声的流水匆匆而过，一眨眼，返乡二十天转瞬即逝。正月初九的晚上，我躺在冷冰冰的沙发上看电视，一个八岁的小女孩正在朗诵《送别》，使我蓦然想起即将面临的一场离别。我思绪万千，回忆着二十天的幸福点滴，不知不觉夜已深，我依然辗转反侧，没有一点儿睡意。

正月初十那天，我从娘家出门，心潮起伏，完全没有了回来时的兴奋。离开家乡，离开亲人和朋友，千般惆怅，万分愁绪。尤其是对年迈的爹娘牵肠挂肚。其实离重逢并不遥远，也没有想象中那么艰难。但离别之际看着白发苍苍的父亲，还有母亲那无助的眼神，我哽咽了，心情无比沉重。出门挥手告别那一刻，我突然感觉还有许多事没做。亲人们的衷心祝福送到我的耳际，既润泽了我的心田，也湿润了我的双眼。

车子缓缓驶入高速，无情地把那生我养我的家乡抛在远处，村庄离我越来越远，家乡的美景也越来越模糊。当回头再也看不到那片温热与肥沃的故土时，我不禁潸然泪下。我坐在沉寂无声的车厢里，凝望车窗外，一片片枯叶凋零，毫无生机，正恍如我此刻凌乱复杂的心境。那短暂的二十天欢乐的相聚和浓浓的乡情，此刻凝聚在我心中。

  我知道，这一别又将种下我和亲人无限的思念。如果不是为了生活，有谁愿意背井离乡？如果不是因为对工作的热爱，又有谁愿意丢下年迈的爹娘外出打拼？离别是为了更好的团聚。即使万般不舍，哪怕太多无奈，也只能勇往向前。

  聚散无常是人生，别来无恙惜亲情。

立秋之感

立秋,是"二十四节气"之一,标志着秋天的到来。今年立秋来得比较早,但在广东,真正的秋季还未到来,气温依然很高。既没有秋风,也没有落叶,更没有雨滴,热得人汗流浃背,动一下便挥汗如雨。本来熬过漫长的酷暑,好不容易盼来了立秋,却少了几许立秋的清凉,根本就感受不到秋的气息。

夏已尽,秋已至。我静下心来好好思量,告诫自己:无论气候如何,心平气和,过好自己的生活。走在秋天的路上,晚霞辉映,让我情不自禁地联想,这不就是饱经风霜的自己吗?一个即将五十岁的中年人,两鬓斑白,悄然无声地泄露了年龄,时刻在提醒自己:我们已不再年轻了。

初见立秋,满心欢喜。站在秋天的大门外,我不再渴望所谓的功成名就,而是用心思量:接下来该用什么方式来回馈并享受秋天那浓浓的爱意?此刻的我突发奇想,其实我并非想索取秋天的累累硕果,而是想要好好享受秋天的凉爽和安宁。在秋高气爽的季节里，我要抓住秋的淡泊和宁静，忘掉仲夏的浮躁，迎接快乐。要知道，当我们走出秋天的大门，凛冽的寒风将会劈头盖脸地袭来，我们终将迎来天寒地冻的冬天。

生活总是五味杂陈的，但人生得五味俱全。流逝的时光不要再去追忆，昨天挺好，今天很好，明天会更好。蹒跚学步大半辈子，踏过春的浪漫，吻过夏的热情，抚摸过秋的灵魂，曾经被冬风袭击得遍体鳞伤。可为啥没有永恒的春暖花开？

我认真回味过去。事实上，自己这几十年来从未好好地爱惜过自己，也未曾认真享受过生活。难道有谁甘愿白活一辈子？贫穷也好，富贵也罢，人终将走向生命的尽头。活在当下就应该珍惜光阴，这样日后才不会留下遗憾。人活一生，总会遇见几个令自己心寒的人，难免会碰上心酸事。只要秋风一吹，即使是淌着苦涩的泪，抿嘴苦笑，悲伤也能化作一抹甜。

四季有轮回，人生有起落。如果问我喜欢哪个季节，我的回答是春夏秋冬各有所长。我不会沉醉于春的花红柳绿，因为春风化雨依然一身湿；我不再厌倦夏日炎炎，因为夏也有绿树成荫；我不执着于依恋秋色，不敢垂涎于瓜果飘香，因为我真正体会了春华秋实的深刻内涵；至于冬天嘛，天寒地冻，寒风刺骨，令人望而生畏。可正如英国浪漫主义诗人雪莱在他的《西风颂》中说的：冬天来了，春天还会远吗？这句话告诫我们要有积极向上的乐观心态。让我们带着些许伤感，怀揣岁月的落寞，大踏步地向前奔跑吧！人生纵使多歧路，只要我们一步一个脚印踏实地走下去，岂会怕"多事之秋"?

人生有起有落，踉踉跄跄，跌跌撞撞。看开一切，放下所有。看淡人生的斑驳和荒凉，宽容生活中的不顺心。荣也好，辱也罢，走稳人生的每一步。

灵魂的最高境界

有人说，人生的最高境界是独处。而我认为生命诚可贵，在这个复杂纷乱的世界里，深情地活着便是灵魂的最高境界。生活总有风雨，人生总遇波折，活着便是一种享受。

忆当年，我孩子才几个月大，家里传来噩耗：祖母病逝。我当时正处于低谷期，身无分文，想到祖母临终前的痛苦，我无法想象父母和兄弟姐妹的悲痛，我泣不成声，泪流满面。其实，我家离娘家仅三十公里，说远不远，说近不近。那时来回车费仅十二元，我却没钱坐车回去。我曾经在欲望与绝望的边缘挣扎过，徘徊过。后来在贵人的扶持下，我慢慢地走出苦海，逐渐从深渊中爬出来。过程虽然很艰难，但起码我熬过来了。我领悟到：我尝尽了酸甜苦辣，这是一种常人难得的体验，又何尝不是一种幸福呢？因此，我告诫自己，活着不是为了自己，肩上还背负着责任与担当。父亲已经没有了父母，不能没有我，我暗下决心：不要绝望，更别抱怨。我拼尽全力活成自己想要的样子，荣华富贵不重要，重要的是活着就好，我想，一切自有天命。世态本炎凉，欢声笑语才是健康的源泉，这是活着的意义。

人生无法重来，世事无法预知。把握住自己的人生，脚踏实地走好每一步。随着时间的流逝，所有发生的一切总要成为过去式，每一个今天必定成为昨日，因此我们要珍惜分分秒秒，不要在幻想中等待结果。凡事皆有天意，该来的会来，要走的留也留不住。要相信，幸福源自真诚与善良，圆满必然历经酸甜苦辣。总有一天，你会醒悟：贫穷也好，富贵也罢，不过浮云一朵；得失与成败，一切都是过眼云烟。

光阴似箭，日月如梭。时间总是悄无声息、无影无踪地流逝。人生苦短，不过几十载，看淡世间冷暖，珍惜余生，好好地活着。每一个人自有天命，谁也剥夺不了你活着的权利，谁也主宰不了你的命运。有幸与谁相遇相知，那是上天安排的一种机缘，应怀着感恩之心去感恩一切缘分。这辈子的恩人有很多。我要感恩陷害我的小人，让我看清世界的黑白是非；我要感恩在我跌倒时给我扶持的那双大手，让我学会坚强；我还要感恩雪中送炭的亲人们，让我得到温暖。难道这些不是灵魂的相遇吗？

珍惜生活，珍惜亲情，珍惜友情。我始终相信真情永在。坦然活着，感恩人生中所有的美好。躲开虚伪，告别自私。坚强勇敢地走完余生的路，挑战困难与挫折。在逆境中懂得释怀，学会莞尔一笑，静待花开。活着就是灵魂的最高境界！

蒙蒙细雨忆往事

一个冬日的清晨，天色朦胧，我踏着尚未苏醒的黎明上学去。

离冬至还有几天。平日里北风呼啸，而今天微风夹着细雨，掠过我的发丝，吻过我的脸颊，这种刺骨的感觉难以形容，使我情不自禁再次陷入了回忆。

小时候，我对自己的名字非常不满意，总会问父亲："爸爸，我的生日在八月，为什么给我起名叫冬梅？"常常把父亲问得无言以对。有时候问急了，父亲应付一两句："因为爸爸喜欢冬天，冬天我们家就有收入了。"的确，为了生活，父亲一年四季都在外面奔波，很少回家，只有冬至前后才能回来。母亲在家务农，秋天开始种雪豆，冬天就可以摘去卖，解决一家人的吃穿用度。无论天气多冷，即使狂风呼号，阴雨连绵，母亲总是挑着一双箩筐下地摘雪豆。每当我放学回家，看家门被锁着，我便去田里看看，母亲准在那儿摘雪豆。

小学六年级的冬至那天，天上飘着细雨，看上去像雪花纷飞，宛若梦境。菊花老师来我家家访。那年冬至，在外漂泊的父亲还没有回来，常年忙碌操劳的母亲还在田里摘雪豆，奶奶带着我们姐弟五人在家里做面团吃，我们热情地招待了老师。我清清楚楚记得，我和奶奶把老师送到村口，老师给我买了糖葫芦。这是我从未吃过的"宝贝"，我欣喜若狂。突然，老师问我："你最大的心愿是什么？"我望望老师给我买的糖葫芦，又仰起头看着飘飘洒洒的雨丝，一时间，忘却了自我，在老师面前也没了胆怯与拘束，我大声地对老师说："我想天天过节！"老师笑了，奶奶也笑了，我也跟着笑起来，我们仨笑作一团。雨，像是被我们的笑声感染了，更加纷纷扬扬，但我们都没有感觉到寒意，继续在雨中漫步……

长大以后，我才真正体会到柴米油盐的珍贵与来之不易。随着年龄的增长，我越来越感受到冬天的寒冷多么令人难受，尤其是下起蒙蒙细雨，刺骨的寒风夹着雨丝袭来，让人冷得直颤抖。我恍然大悟：并不是父亲喜欢冬天，更不是母亲喜欢下雨天摘雪豆，那是一种对家庭的责任和担当。不论多冷，为了生活得继续朝前迈进！

迷人的大朗

大朗，隶属于广东省东莞市，是一个与众不同的城镇。虽然属于丘陵地区，但是地理位置优越，交通方便。这里不仅特产荔枝，还是"世界毛织之都"，山清水秀，人杰地灵。

大朗的山岭面积宽广，漫山遍野都是荔枝树，郁郁葱葱，婆娑苍翠，盛产糯米糍、妃子笑和桂味等荔枝品种。每逢夏季荔枝成熟之时，到处都弥漫着荔枝香，连空气都甜味四溢，真让人垂涎欲滴。大朗荔枝果香独特，肉厚鲜甜，非常爽口，不愧是"岭南四大名果"之一。

大朗是纺织名镇，主要以毛织为主。大朗曾被中国纺织工业协会授予"中国羊毛衫名镇"的荣誉称号，是推动中国毛织发展的大镇。大朗到处都是毛织工厂，毛织商家更是不计其数。既有本地商家，也有外来商贩，每年毛织产量更是不可估量。毛织产品外销至全世界各国各地，据了解，大朗的毛衣在欧美和俄罗斯地区销量最高。

大朗的毛织市场豪华新颖，场面壮观，"毛织都市"的美誉名副其实。这里形形色色的商品琳琅满目，吸引了全国各地的顾客纷至沓来，每天人流如潮，摩肩接踵。商户春风满面，文明热情；顾客笑逐颜开，满意而归。市场洋溢着欢乐的气氛。

每当夜幕降临，大朗便成了灯的海洋、光的世界。华灯齐放，灯光闪烁，照耀着金碧辉煌的高楼大厦，眼前就像展开了五颜六色的画卷，美丽极了。走在路上，到处流光溢彩，让人耳目一新，流连忘返。

大朗的景点美丽独特，各具特色，如荔香湿地公园、静水湾亲子乐园等。大朗空气清新，到处都是绿化植被，令人心旷神怡。特别是秋高气爽之际，带上你的家人朋友到大朗各个公园景点来玩，一定会乐趣无穷，尽兴而归！

面朝大海，春暖花开

寒风轻轻地敲开了春天的大门，可是怎么也舍不得离去。即便如此，春也不向寒冷屈服，顽强地把大地装扮成一个五彩缤纷的世界。

我爱看百花齐放，我爱听百鸟争鸣，我追求一份坦然平和的心境，我享受海的喧闹与宁静。因此，我喜爱家乡茂名的中国第一滩旅游度假区。

面朝大海，春暖花开。这承载着多少人梦寐以求的幸福啊！中国第一滩那梦幻般的海景，吸引了无数游人热情奔来。其中有我，有你，也有他。

白天，站在金黄色的沙滩上，望着辽阔无垠的大海，享受着一阵阵清凉的海风，亲吻着大海变幻不定的气息，既让人愉悦舒服，又让人忘掉了忧愁，一切的不愉快都被抛到九霄云外。湛蓝的天空下是碧波万顷，时而摇曳出那水晶般的色泽，晶莹剔透，在太阳的照耀下金光闪烁，一片斑斓。五颜六色的贝壳是孩童们的挚爱。他们用贝壳摆放成一个大爱心，并在沙滩上写下新年祝福，然后拍照发给爸爸妈妈和自己敬爱的老师。这真情流露的一幕在海边焕发光彩。涨潮时，卷起千重浪，溅起万朵花，美丽壮观。波涛翻滚的声音像一支出征的队伍向敌人发起冲锋，又像打了胜仗归来的部队唱着壮志豪迈的歌曲。退潮时，游人脚踏浅滩，浪花时而溅起，时而漫上，时而退去，那动听的声音，轻盈欢快，是在向游客问候，还是说再见？无论是涨潮还是退潮，大海的美从未消失。有时候，大海像一个顽皮淘气的孩子，开朗活泼；有时候，大海更像一位胸襟宽广的母亲，温柔慈祥。

夜晚，大海沉沉地睡去，宛若一面透明又神秘的镜子，在星辰与月亮的辉映下光芒璀璨，耀眼夺目。夜深人静，大海发出悦耳的鼾声，仿佛在向周公汇报一天的快乐。大海就这样深沉而多情地呼唤着人间，给大自然捎去最真挚的问候。

海纳百川，有容乃大。大海用它宽广的胸怀给人带来温暖治愈，欢迎到我们茂名来，带上你的激情，去中国第一滩看海！面朝大海，寒风消散，一片春暖花开！

母爱体现在行动中

母爱像一本书，让儿女不断汲取知识；母爱像一把伞，时常为儿女遮风挡雨；母爱像一束光，照亮儿女前行的路；母爱像一滴雨露，滋润着儿女。

小时候，我家境困窘，父母省吃俭用供我们兄弟姐妹五个读书，光吃喝拉撒开销就特别大了，由此可见，父母的生活多不容易啊！

四十多年的艰苦岁月，不知道母亲熬了多少苦，受了多少累。如今好不容易才撑了过来。虽然目前的生活并不算大富大贵，但起码不愁吃穿了。特别是两个妹妹条件优越，老二包工地，老三做点小本生意。儿女们的生活不错，母亲本应该开始享受生活，可是，她还保持着老传统，每天依然省吃俭用，勤劳朴素。衣服不肯多买一件，好吃的也不肯多吃一口，啥都惦记着儿女。有一次我回老家，到家时已经是凌晨两点多了。刚进门，母亲就拿出碗筷，给我盛饭、盛汤。这一餐真丰盛：白切鸡、煎鱼、大虾……这一餐该花掉母亲不止一个月的伙食费吧。母亲就是这样，对儿女慷慨大方，对自己却很吝啬。

母亲知道我喜欢吃树仔菜，特意为我种了一些，总是给我留着，等我回去再摘来吃。实在留不到我回去了，就打包发快递寄给我。有一次，我前脚刚进门，母亲后脚就去菜园摘树仔菜给我吃。树仔菜叶小细碎，要摘好久才能摘够一顿吃的。我见母亲出去好一会儿了，便去菜园看看，只见母亲正一点一点地摘，又一点一点地挑，好细心，好用心。我能感觉到母亲已疲惫不堪了，忙说："妈，干这么久了，太累了，回去休息一下吧！"母亲答道："我不累，干这么一点儿小活儿哪敢喊苦累？"母亲就是这样，为了儿女，默默耕耘，甘愿受苦累。

母亲年轻时奔波操劳，营养也没跟上，因此落下了病根：脚痛。特别痛时，父亲就领她去附近诊所看看。没有根治，所以反反复复地痛，看着她一瘸一拐地走路，我心如刀绞，却又无能为力。春节回去，朋友说高州有一位医生专治风湿骨痛，医术高明。我提议要领母亲去高州看病，她怎么也不肯去，最终我还是拗不过她。母亲就是这样，宁愿自己忍着疼痛，也从不麻烦儿女。

今年开学比较早，因为要提前返校，所以大年初七我便离开家乡了。没过十多天，父母又买了几十斤大海鱼和其他家乡特产，让小弟带来东莞分给我和妹妹。母亲打电话叮嘱："煎鱼吃了吗？冰冻得太久该不好吃了，要快点吃完啊。"母亲就是这样，自己舍不得多吃一口，还担心儿女吃不到家乡味。

母亲总是默默地、一刻不停歇地付出，母爱的一点一滴都体现在行动中。

母亲的泪

和煦的阳光照耀着大地，微风徐徐，柔和地拂过田垌，飘进村庄，温暖着母亲和明德的心。

明德收到清华大学的录取通知书，兴奋得一蹦三尺高。他寒窗苦读十二年，功夫不负有心人，终于如愿以偿了。他急着把好消息告诉妈妈，飞一般地跑向田野，想立即把喜讯和母亲分享。远远地，他一边向母亲招手，一边喊道："妈，我终于考上大学了！妈……"正在玉米地里锄草的母亲听到儿子的叫喊声，跑出来接过录取通知书，激动地把心爱的儿子紧紧抱在怀里，说道："太好了！我这么多年的心血总算没有白费。"泪如涌泉，夺眶而出，这泪水有甜，有苦，也有酸。

故事得从十五年前说起。明德的父亲患了癌症，撒手人寰，那年明德只有三岁。母亲为了给父亲治病，如今还负债累累。十五年来，母亲只身一人带着明德生活，历尽沧桑，受尽冷眼。每天出门总能听到一些闲言碎语："这个不祥的女人……"村里人远远地看到明德的母亲，有的装作没看见，有的干脆绕路走。母亲遭受着冷言冷语，坚强的她默默地熬着忍着。为了供儿子上学，母亲每天凌晨三点就按时起床，忙里忙外。先做早餐、扫地、洗衣，喂饱家禽家畜后再去田垌干农活，然后又到镇上打零工。即使日子艰难困苦，母亲也从来不向儿子吐过半点苦水，脏活累活总是默默地扛，病了也偷偷地忍。而乖巧懂事的明德每天一放学回到家，总会到母亲跟前帮忙，母亲总说："儿子，你的任务是学习，这些活儿不用你干。"明德看到的永远都是母亲灿烂的笑容，却不知道母亲原来也有泪。

明德的母亲由于长期劳累过度，加上长年省吃俭用，营养不良，落下了头晕的毛病。一天清晨，天刚蒙蒙亮，明德的母亲忙完家务活便去浇菜地，在挑水时没看清路，踩到河堤上的草，"哗"的一声不慎跌到河里。正在喂牛的大柱听到了呼救声，赶忙跳下河把她救了上来。大柱同情地问："唉，你怎么那么不小心？""没看清路，谢谢你！"母亲既羞愧又感恩地答道。大柱是同村的一个单身老汉，年过五旬，心地非常善良，乐于助人，每天也是早出晚归干活，十分勤奋。

那一次是巧合，更是天缘，点燃了大柱对明德母亲的爱意以及对自己的人生幸福的追求与渴望。从那以后，有事没事，大柱总会到明德家里坐坐，帮帮忙什么的。不久，两人就坠入了爱河，却遭到不少左邻右舍的冷眼和指指点点："孤男寡女在一起，关系不清不楚的，真是不要脸……"母亲心里在流泪，有时恨不得马上就和大柱组成新家庭来堵住别人的嘴，大柱也想给她一个名分，多次求她嫁给自己，但母亲为了能让儿子安心读书，和大柱表态："要么咱们分开，要么你等我儿子考上大学再说。"老实憨厚的大柱由于太爱明德的母亲，只好遵命顺从。面对别人的冷嘲热讽，母亲只好强忍着，一忍便是多年。

如今，儿子终于不负母亲所望考上了名牌大学，母亲的心血终于没有白费，而藏在心里的多年的心结和委屈终于可以打开了。

爬观音山记

观音山，位于东莞市樟木头镇，是集生态观光、娱乐健身和宗教文化为一体的国家 AAAA 级旅游景区，被誉为"南天圣地""百粤秘境"。此地像有魔力一样深深地吸引着我，每年都邀亲朋好友上山看一看。

又是一年元旦，我约了妹妹一起去爬观音山。从大朗镇开车出发，大约四十分钟车程，我们就到达目的地，比我们想象中的速度要快了很多。

往年元旦爬观音山，真的是人山人海。而今年元旦相比往年少了一些人，也许是受到疫情的影响。我和妹妹都是感冒初愈，体力和气魄都欠佳，担心自己虚弱的身体支撑不住，于是我们决定坐观光车上山。

买了票，我们直接去排队等车。今天坐观光车上山的人真不少，队伍像一条长龙，男女老少都在静静地等候。等了大约二十分钟，终于轮到我们坐上了观光车。

司机驾驶技能熟练，操纵自如，我们坐在车上也感觉十分平稳。从山顶向下看去，山下的人好像蚂蚁一样小，房子简直就像一个个火柴盒。山路不仅陡峭，还窄得惊人，只有两车道。山路十八弯，只要迎面驶来车辆，就有一种即将相撞的感觉，令人心惊胆战。每每到了拐弯处，心仿佛要跳出来一样，无限刺激。

  沿途的风景真美啊！我有一种迫不及待跳下车来拍照的冲动。坐在车上错过了好多景点，不能驻足欣赏，只能走马观花，但也把我迷得如痴如醉。不知不觉中，不一会儿工夫就到终点了。坐观光车上山不仅省体力，还节约了不少时间。我看看手机，还不到半小时。可是，离山顶还有好一段路，必须步行才能登顶。这一段路是全程最陡、最窄、最弯的，难度相当大，难怪观光车的终点没有设在山顶。

  刚下车，大家迫不及待想立即赶往山顶，铆足劲儿向前冲。可是我力不从心，没走几步就浑身无力，喘不上气。由于我的体力不支，就这样走走停停，歇歇走走。明明不太长的一段路，我却一连停歇了八次，走了将近一小时才终于到达山顶，我也累得精疲力竭⋯⋯

  到达山顶，一座观世音菩萨圣像映入眼帘，头戴宝冠，身着天衣，肩披帔帛，胸饰璎珞，左手持净瓶，右手结无畏金刚印，古朴典雅，栩栩如生。据了解，这观音雕像是当年森林公园建成时，择极具灵气的花岗岩，人工雕琢而成，是极具唐朝特色的石雕艺术品。

  观音广场内的游人虽然没有往年的摩肩接踵，但游客仍然充满热忱。拜过菩萨，我和妹妹商量该如何处理带来的橘子、糖果和面包，以便减轻负担。于是我们找了个人少的地方坐下来，来了个"下午茶"，吃完又继续逛。怎么上山就怎么下山，步行到半山腰终点站那儿才能买车票返程。

2023年伊始，我们跨出了新年的大门，满载而归，既饱览了美景，同时也收获了快乐，当然还有亲情做伴。

婆媳情缘

常言道："十家婆媳，九家不和。"的确，自古以来，婆媳似乎是"天敌"。无论在城市还是在农村，这都是不可否认的事实。

新婚的小梅和婆婆相处得很不融洽，两人总是话不投机半句多。洗菜做饭等家务活，婆婆总会挑小梅的刺，不是说小梅洗菜不干净，就是嫌小梅煮饭太硬，要么就是说她炒菜少盐少油等。在婆家，小梅如一只无毛的小鸟，展翅也难飞，常常一个人躲在房间里偷偷擦眼泪。

不久，小梅怀孕了，婆婆对小梅的态度有了三百六十度的转变。家务活再也不要小梅干了，也不让她入厨房，连晾晒衣服的轻活，婆婆都吩咐儿子去干，生怕小梅动了胎气。虽然家穷没钱买什么好菜给小梅补营养，但有好吃的也尽量留给小梅。小梅心存感恩，铭记于心。

小梅连续生了两个儿子，原本以为会得到婆婆的加倍宠爱，谁料在小儿子刚满一周岁时，婆婆就把小姑的女儿抱回家来带。从此家里矛盾升级，风波不断。小梅每天背一个，抱一个，还要洗衣煮饭，日子过得极其悲惨。两个儿子仿佛是约好的，每次感冒都赶到一起，小梅只得一人带着两个儿子去看医生。有一次在诊所里，刚好看到家公家婆两人也带着外孙女（小姑的女儿）去就诊，他们只顾着外孙女，连望都不望一眼自己的亲孙子。婆婆带外孙女的二十多年来，三个小孩子总是打闹、争食、抢玩具等，婆媳之间经历过不少磕磕碰碰，常闹家庭矛盾。婆婆逢人便诉苦："自从娶了这个儿媳妇，心情就没好过。"表面上，小梅的婆婆是一位十里八村外人人皆知的正经善良的农村妇女，她说的人家当然相信。小梅明明是受害者，却有些人不分青红皂白，人云亦云，对小梅指指点点。如今二十多年过去了，两个小姑的生活也不尽如人意，婆婆多次揩着泪对小梅说："手心手背都是肉，就想一碗水端平，没想到今时今日连女婿都不来看一眼。"小梅和丈夫、孩子长期在外谋生，一年回去不过四五次。什么恩怨，什么矛盾，在小梅心里早就随着时间流逝而抛诸脑后了。

也许是小梅自己经历的磨难太多，她也能揣测到婆婆年轻时带娃的艰辛与不易。同样是女人，遭过同样的罪，生娃更是从鬼门关走过一回，婆婆又何曾不是这样走过来的呢？

婆婆一辈子以种田为生，没见过什么世面。头发花白，皱纹满面，额头长着一颗又大又显眼的黑痣，满脸沧桑见证了她几十年来的艰苦操劳。经年累月的辛劳，婆婆落下了心脏病，小梅总是给婆婆买救心丹放家里，以防万一。小梅生活并不富有，只是能解决温饱而已，但也尽儿媳之责满足婆婆的需求。

婆婆与儿媳没有血缘关系，冥冥之中的缘分引领两个女人走进了同一个家门。小梅不计前嫌，一直视婆婆为亲娘。"爱亲者，不敢恶于人；敬亲者，不敢慢于人。"小梅认为自己善待婆婆，自己的母亲能得到善待。

善待婆婆就是善待自己，这不仅仅是为后代言传身教，还是为子孙积德行善的行为之一。婆媳相处只要多一些理解、包容、真诚，就会少一些抱怨，多一些幸福。

人生难得一知己

清晨,我坐在海堤边,仰望着湛蓝的天空。天是那么清澈与明净。微风肆意地亲吻着我的脸庞,一股暖暖的春意向我袭来,我脆弱的心顿时被一丝温暖包围。

晨曦初露,面朝辽阔的大海,享受着迷人的海景,此刻惬人的美丽好像只属于我一个人,使我忘记了所有的悲伤。小丽悄无声息地出现在我的身旁,轻轻地递给我一瓶矿泉水。

"你哭过?"小丽大概看出了破绽,问了我一句。

"没有!"向来强悍的我怎么会轻易向人倾吐苦水?

此刻,除了眼眶湿润,也许早已没有了悲伤。在这空寂的天地间,还有浪潮在做伴。春草迎着晨光悄悄地滋长,和煦的海风掠过海堤,展现出的是一种柔情,眼前的美景给人一种满足感。

我和小丽同窗三年。我们一起上学,一起放学,形影不离。从陌生到熟悉,再到无话不聊,我们逐渐成了彼此纯粹的精神寄托。忆当年,语文是我的强项,英语是小丽的优势。我们总是一边做作业一边畅想未来。一天晚上,我们聊了好多话题,不知不觉就聊到了深夜。大家都没有睡意，于是干脆敞开心扉聊个通宵。我们有个约定：毕业之后我们要在一起工作，一起嫁双胞胎。后来命运弄人，冥冥之中我们注定有缘无分，因此我们的梦想并未实现。

  人生路上，潮起潮落，花开花谢。也许在大多数人眼中，哪有什么所谓的知己，不过就是生命中的过客罢了。然而时隔多年，当我们再次联系上时，依然保持着初心。无论多久，两颗心依然紧紧相连，任凭狂风暴雨始终无法拆散。

  每当夜深人静时，我总会站在回忆的边缘仰望星空，畅想着悠悠飘逸的云儿此刻的自由与幸福。你又何曾不想着我呢？前年，听说我在异地过年，你哭着一连给我打了八个电话。我也几天辗转难眠。夜色，很浓，寂静无声；星，很亮，闪烁夜空；月，很皎洁，柔和宁静。也许我们都是思念着温暖的春天，怀念着那个曾经敞开心扉的夜晚，可当年心与心的交融却回不来了。那些陈年旧事只能深藏在彼此的灵魂深处慢慢回味。这种感觉多像一阵清风，夹杂着氤氲的花香，温柔地抚摸着我的面颊，沁入心脾。美好的时光总是悄悄地溜走。有人惦念是一种幸福，回忆亦是别样的甜蜜。

扶不扶？

那是一个风雨交加的上午，在嘉豪门口，湿漉漉的地面上躺着一位六旬上下的老大爷，他口中直喊："救命！"雨纷纷扬扬地下着，或飞翔，或盘旋，雨珠像石子般无情地砸在老大爷的身上。

这天刚好是冬至，北风呼啸。家里像冰窖一样冷，外面更是寒风刺骨，把人冻得直哆嗦。尽管天气如此恶劣，街上的行人也络绎不绝，熙熙攘攘。情侣手挽着手撑着一把伞走在雨中打情骂俏；学生成群结队在雨中谈笑风生；青年独自漫步在雨中……形形色色的路人，却像没有看到老大爷一样，若无其事。

老大爷不断发出呻吟声，他在向路人求救，越叫越弱，越叫越凄凉……这场面让人心中难受。就在这时，一辆豪华的宝马车疾驰而来，就在离老大爷一米左右处，车子停了下来。"嘟——嘟——嘟——"明显是示意老大爷快点站起来让路。老大爷躺着无法动弹，而宝马车的司机看到老人迟迟未起，越发用力地按响那震耳欲聋的喇叭。透过车窗，能看到司机是一个小伙子，穿着西装，看上去文质彬彬，一表人才。这时，一对中年夫妇也路过此地，善良的男人正准备伸手把老人扶起来时，被他漂亮的妻子用力地拽了回来。妻子神情严肃，略带着怨气说道："你还敢去扶他？你忘记前几年是怎么负债累累了吗？现在好不容易才还清这身债务，现在你却还想找死？""哎！"男人唉声叹气，"你看老人的嘴唇都冻得发紫了，咱们不能见死不救！"夫妻俩你一言我一语地争吵起来，越吵越激烈，因此引来了许多围观者。大家都七嘴八舌，议论纷纷。有的说："当今社会好心被雷劈，还是少管闲事好。"有的说："碰瓷的老人多了，别让他讹了。"有的说："是啊，现在的老人总是倚老卖老，谁还敢救啊？"妻子说："更不可理喻的是，你好心将老人送去医院，却遭家属索赔。"原来在2019年的春天，这对夫妇好心将一位受伤的老妇人送往医院抢救，当通知家属赶来时，老妇人所有的亲人都把责任推给男人，硬要索赔三万多元。夫妻俩在工厂上班，原本工资就不高，也没有什么积蓄，无奈贷了款来赔。省吃俭用，花了三年多才还清这身负债。这时，老大爷似乎明白过来了，想掏口袋找手机给儿女打电话，可是双手被冻得直哆嗦，加上手机被压在身下的裤兜里，怎么也掏不出来。老大爷用微弱的声音呻吟道："既然你们都怕我碰瓷，那我告诉你们一个电话号码，谁能帮我打个电话？"老人再次用祈求的眼神投向众人，目光中充满无尽的期盼……

"137220……"未等老大爷说完电话号码，120救护车赶来了。原来就在十多分钟前，一位路人把老大爷跌倒在地求救的视频发到了朋友圈，刚好被一位老师看到，毫不犹豫地给医院打了救援电话。在老人最无助的时候，是教师和白衣天使伸出援助之手及时救助。

老人跌倒，无人敢扶，这是一个令人深思的问题。当老人跌倒后，为什么没有一个人敢上前去搀扶？其实好多人都想上前搭把手搀扶的，可是又担心被讹。并非所有人都冷漠，而是一种自我保护行为。当今社会好人难当，当好人的利益不断受损，好人只会越来越少。俗话说："人不为己，天诛地灭。"或许这就是人性吧！希望人间有大爱，善待每一位老人，善待每一个需要帮助的人，让爱充满人间！

善良的福报

"妈,我公司开业,明天回去接您过来城里和我住。"

"恭喜!妈就知道我的宝贝女儿有出息。妈就不去了,妈年龄大了,去你那儿反而妨碍你的工作和生活,你过得幸福就好。"

……

母女俩通着电话,你一言我一语地聊着,多么和谐,多么惬意,多么甜蜜,两人都沉浸在幸福的世界里。其实两人并非亲生母女,但胜过亲生母女。故事得从三十年前说起。

在一个偏僻的小山村里,住着一户贫穷的人家。夫妻恩爱,孩子懂事乖巧,是全村人羡慕的模范家庭。虽然家庭并不富裕,但是一家人过得非常知足且幸福。

女孩叫冬霞,从小聪明伶俐,成绩名列前茅。在小学六年级毕业那天,她拿着录取通知书兴冲冲地往家里跑,一边跑一边喊:"妈妈,我考上市里的重点中学了。妈……妈……"连叫了几声都没有人回答。

"妈妈到底去哪里了呢?"冬霞找遍了母亲经常去的地方,始终不见母亲的踪迹。她原本想把喜讯汇报给母亲，却找不到母亲。

冬霞的眼皮一直跳个不停，一种不祥的预感直敲她的心门。她想：眼皮跳不过是迷信罢了，我才不相信呢。

于是，她决定去找邻居问问母亲去哪里了。

邻居告诉她："你妈妈今天早上去割草喂牛时，不慎掉进池塘里，被水呛到，现在在市人民医院抢救呢，你爸爸托我照顾你。孩子，快进我家里吃饭吧！"善良的邻居二话不说就拉着冬霞的小手进屋，把一碗热腾腾的饭菜端出来给她吃。这一顿饭，对冬霞来说，无比稀罕和珍贵。这是她从来没有吃过的好食物。

第二天，她父亲捎回了噩耗：母亲因抢救无效而撒手归西了。从此，冬霞与她母亲永别了。小小年纪失去母亲，这是一种怎样的伤痛啊！邻居一将把冬霞搂紧在怀里，对她说："孩子，不要难过，妈妈只是去另一个美丽的世界了，她会给你挣很多很多钱回来，买漂亮的衣服。从今天起，这里就是你的家，你喜欢怎么住就怎么住，不用拘束。"冬霞满脸悲伤，一边淌着泪，一边点着头。

自从母亲离开后，冬霞的父亲不久就外出打工了，前两三年还寄钱回来给她，后来就慢慢少了，甚至直接不寄了。也不知道父亲是再婚不便了，还是下去找母亲了，总之没有了下落，与冬霞失联多年。

年幼的冬霞没有条件，也没有能力去找父亲，于是一直寄住在邻居家，邻居成了冬霞的养母，她被邻居一家人关爱着。她也十分珍惜生活,从此读书更加发奋了。这么多年,邻居把她当成亲生女儿一样疼爱,管她吃穿用度,供她读书。在养母用心的浇灌下,冬霞无论是身体还是学习都如春笋遇到春雨。她顺利地完成大学学业,完完全全归功于养母的无私奉献、默默付出。

一转眼便是三十年。

如今,冬霞功成名就,在深圳成立了几家公司。她经常忆苦思甜,这一辈子都不会忘记当年的邻居(现在的养母)这份比山还高、比海还深的恩情。无论何时何地,她总是忘不了养母曾经给予的那碗香喷喷的饭菜,还有长达三十年的母爱。她决心一定要把年迈的养母接到身边来享福。

这就是善良换来的福报!

升米恩，斗米仇

一天，我邀请一位同学来家里喝茶。我们聊到关于感恩的话题，她突然非常愤怒。原本她家与一户邻居的关系非常好，但去年闹翻了。她家公曾是工地上一个小小的包工头，一年收入也是一般，只是比其他在家务农的邻居要富裕些。每年春节，她善良的家公总是特意叫人杀一头猪，将猪肉分给左邻右舍，算是对乡亲的慰问。

随着她家公的年龄逐渐大了，加上这几年受疫情影响，也没有什么活，赚不到什么钱。前年，她家公生了一场大病，为了给家公治病，几乎把她家里所有的积蓄都花光了。种种不如意，他们很晚才回家过年，因此就没有杀猪分给邻里乡亲。其中和她家交往较好的一户邻居不但不关心问候她家公的病情，还四处幸灾乐祸地说："他赚那么多钱，每年才给我们分一点点猪肉，风水轮流转，这下也要让他们体验下穷的滋味了。"

听到这里，我也感到愤愤不平。这让我想到曾经读过的一个故事：古时候，在一个偏僻的小山村里住着五户人家。因环境恶劣，常年遭受风暴或水灾，农作物很难种活。有一户人家，老人带领儿孙上山打猎，把大的猎物杀来吃，小的畜养起来，再带到集市上卖。因为勤奋和能干，这户人家过上了富裕的日子。而其他四户人家比较懒，从不上山打猎，只是靠庄稼收成来维持生活，生活穷困潦倒。有一年，天公"发怒"，连续降水好些天，严重水灾把庄稼全淹了，田里颗粒无收，闹起了饥荒。猎人多次劝他们结伴上山去打猎，这几户人家始终不肯。因严重缺粮食，其中三户人家被活活饿死了。勤奋的这家人每天都坚持打猎，日子虽苦，但还饿不着。他看到村民饿死，心痛不已。一天打猎回来，看到仅存的一户邻居饿得奄奄一息，猎人心想：怎么也不能让这家人再饿死了。于是就给邻居送去一碗米，使其逃过一死，幸存下来。懒人万分感谢恩人的相救。一天天过去了，猎人每天省吃俭用，把打到的猎物也给邻居送去一些，还分给了邻居不少银两。在猎人的长期帮助下，又穷又懒的这户人家终于熬过了最艰难的日子。

几年过去了，穷人家也喜添两口人。俗话说：多一口不如多一斗。因为懒，生活依旧没有着落。而猎人因为不怕艰辛，日子越来越富裕。一天，穷人一如既往地对富人说："你看，我家又多添两口人了，你给这点儿粮食哪里够吃？"猎人慷慨地说："这样吧，我这里的粮食还有很多，你就多拿一斗去吃吧。"这穷人拿着一斗米回家了。回家后，他的媳妇说："这斗米能做什么？除了吃以外，我们明年地里的种子都还不够。这个人太过分了，他有这么多粮食，就应该多送我们一些才对。"懒人听了媳妇的话，于是找猎人复述了一遍。猎人听了非常生气，心想：这些年我为了搭救你，白白送给你不少粮食和银两，你不但没有感恩，还得寸进尺，居然把我当作仇人一样，太不应该了。从此，两家人就成了仇人，至死不再往来。

这真的是"升米恩，斗米仇"。当一个人快被饿死的时候，你施舍给他一升米，也许他会把你当恩人；可是当你有能力给他一斗米时，也许他会想：既然你那么富有了，明明可以给更多，为什么不肯多给我一些呢？因为给少了，所以成了仇人。现实生活中不也有这种人吗？你给予他物资上的帮助，但对于你长期的付出，他不但不懂得感恩，反而还觉得这是理所当然的。"滴水之恩，当涌泉相报"，这是中华民族传统的优良品质。人，既要懂得付出，也要懂得感恩。

师德

——爱与责任

关爱学生是一名人民教师的根本责任，无论教师的工作多么烦琐，都得肩负重任。

最好的教育便是教师与学生之间友好相处，教师对学生倾注关爱。夸美纽斯说过，教师的职务是用自己的榜样教育学生。因此，教师对学生的关爱不仅是一份教书育人的责任，更是师德的灵魂。教师是一份既平凡又伟大的职业，在三尺讲台上践行爱与责任，教师应以身作则，不仅传递正能量，更应该根据时代的发展与需要尽力铸就良好的师德。

在教学中，教师应潜心钻研教材与教法，根据新课标的要求以及大纲，对教材教法反复钻研，勤于探索教育相关的知识。

其实，班主任陪伴学生的时间可能比家长还多，因此班主任理应像父母那般用爱心去呵护每个学生成长，温暖每个还在成长路上的孩子。教师如灯塔，为学生照亮前行的路；教师如钥匙，为学生打开知识的大门。

教师要坚持学习，不断充电，提高专业知识，丰富教学经验，努力调动工作的积极性，适应时代发展与需求，在工作中才能得心应手，游刃有余。同时也要激发学生的学习兴趣，挖掘学生的学习潜能，使学生德智体美劳全面发展。作为班主任，应善于发现每个学生的闪光点，以鼓励的方式来启发他们，同时要尊重每个学生的人格，尽力维护每个学生的自尊心，使其尽可能不受伤害。建立平等的师生关系，课余时间多与学生和睦相处，真诚地关心每一个学生，真诚地与每一个学生交往，多与学生沟通，理解学生，信任学生，欣赏学生，呵护学生，增强他们的自信心。

总而言之，教师既要履行教育职责，又要践行爱的奉献，温暖学生的心灵，激发学生前进，在教育教学工作中不忘初心，砥砺前行，争做一名出色的引路人。

树仔菜的爱

我特别喜欢吃一种叫树仔菜的蔬菜，每逢去酒店喝茶，总想点一份来解解馋。但是这种菜并不常见，所以不能经常吃到。

树仔菜含有丰富的维生素及多种微量元素，能适时补充人体所需的营养。树仔菜的价格也要比其他普通蔬菜高一些。

说起树仔菜，其中有我满满的回忆。那是 2021 年的母亲节，我陪母亲去喝早茶。我点了汤和粉，还有好几道小菜，其中有一碟菜让我念念不忘。起初我并不知其名，我只抱着尝尝鲜的心态点了。我第一次见，更是第一次吃这么美味的菜。入口一股淡淡的香味，还非常有嚼劲，越嚼越感到香气十足。我爱上了这种菜的味道。吃完碟子中的最后一根菜，我挥手示意服务员再来一碟。服务员加完菜，顺手在菜单上写下"树仔菜 32 元"。这回我看准了，便对母亲说道："妈，这叫树仔菜呢。"不识字的母亲伸过头来一看，被数字 32 吓了一跳。32 元对于平日里省吃俭用的母亲来说，已经是一个天文数字了。但母亲并没喊贵，口里嘀咕着："喜欢就多吃点吧！难得遇到这么合口味的菜。"没有人比我更懂母亲，我一边吃一边望着母亲，我从母亲的眼神中看出了心疼。一小碟树仔菜 32 元，什么宝贝那么贵？竟然诱惑我点了第二碟。

离莞不久，有一次我和母亲打电话，母亲第一句话就是："我也种了树仔菜！"简简单单的一句话，我却听得出母亲内心的兴奋和喜悦。向来不善于语言表达的母亲，此刻一定是想告诉我："妈已经种下了你最爱吃的树仔菜，下次回来就可以吃了。"我猜母亲心里一定非常盼望树仔菜有个好收成吧。说实话，为了种树仔菜给我吃，不知道母亲又要受多少辛劳，流多少汗水。

今天，母亲又摘了树仔菜让弟弟给我送过来。我又一次吃到了世界上最美味的菜。这不仅仅是树仔菜，更是我伟大的母亲捎来的沉甸甸的爱！

谈生离死别

　　不知道曾经有过多少个夜晚，我迟迟不敢入睡，曾经一闭上眼睛就害怕，害怕自己再也醒不过来了，害怕……
　　我的脑海中总是不停思考着这个问题：人为什么会死？不管年老还是年轻，不管贫穷还是富裕，一旦病危，阎王爷照样毫不留情。这是多么残酷的事实。有时我真的不明白，好端端的一个人，怎么说没就没了？这是多么悲痛而又令人难以置信的事。虽然我知道生离死别乃大自然之规律，可依然不希望这令人断肠的痛苦发生。
　　我曾经幻想过无数次：人类要是没有死亡该多好！如果没有生离死别，人类就没有悲痛，没有遗憾，人生该是多么完美啊！可是生与死半点不由人。也许人世间正是因为有了这些悲痛，幸福才格外值得珍惜。有人喜也有人忧，既有牺牲又有获得，想要得到一样东西，必须付出与之同等的代价。或许这才是现实的人生！
　　一路走来，往事一幕幕浮现，让我难以控制自己的思绪与强烈的思念。

1998年，我的人生有喜又有悲，使我刻骨铭心、没齿难忘。先来谈谈我人生中的第一大喜吧：农历二月二十三，我的孩子降临人间，第一次当妈妈，我满心喜悦和自豪感。毕竟在当年，农村人的思想都比较重男轻女，我生的是男娃，全家都乐呵呵的，我在婆家的"地位"也提高了不少。哺乳期，老公根本不让我干活，我每天主要的任务就是照顾好儿子。儿子的出生，意味着责任和担当，同时也带来了期盼。即使生活很苦很累，我也能感觉到充实与甜蜜。

同年的农历五月二十九是我人生最悲痛的日子。邻居二婆捎来噩耗："你奶奶不在了……"未等二婆说完，我就感到头顶一片漆黑，似乎整个世界都是灰暗的。当时我哭得撕心裂肺，满眼忧伤。从小我是奶奶带大的，长大后在外地成家立业，却不曾停止过对奶奶的思念。奶奶还在世时，我的生活一贫如洗，再加上孩子出生，我更加难以返乡看望奶奶。有时思念过于强烈，夜里难眠，本想抽个时间回去看看奶奶，却未如愿，更没有想到她走得如此突然。得知奶奶离世，我的灵魂仿佛被抽离。失去了奶奶，我心情非常低落，不胜悲凉，感觉生活百无聊赖，至今还无比遗憾。

人生难免有生离死别、悲欢离合。经过这场生离死别的痛苦，虽然我明白这是人生的常态，但我依然希望人能永远活在幸福中，没有痛苦与悲伤，那该多好！

童子湾观海记

我爱大海,尤其是童子湾,每年春节都按时去那里打卡。今天天气暖和,我决定陪父母再去一趟童子湾看看大海。刚开车出发,就迫不及待想看到无边无际的大海。虽然是故地重游,可我依然兴致盎然。

童子湾位于广东省茂名市电白区澳内海的上游,是远近闻名的旅游风景区。虽然地方并不大,可风光秀丽的海景,一点儿也不逊色。每逢佳节,童子湾总是人流涌动,热闹非凡。人们喜欢童子湾千奇百怪的海岸礁石,喜欢它的奇形怪状。一块块巨石坐落在金色的沙滩上,在海水映照下形成了一道美妙绝伦的风景线。我们赶在中午到达,那时正是涨潮汹涌之时,站在海岸边,直击远方,壮观辽阔,一望无垠,白茫茫的一片。抬头仰望,蔚蓝澄澈,海天一色。充满豪迈气概的海水,波浪滔天,碧波汹涌,时不时就冲击着岸边的礁石,发出一阵阵激昂的拍击声。那是大海在歌唱,歌声美妙动听,让人着迷,令人陶醉!

到了饭点,我们干脆到海边的面摊,一边吃一边观海,简直就是一种享受。海风拂面,带着淡淡的咸味。我们饶有兴致地聊着,津津有味地吃着,气氛温馨和谐。突然,旁边不知是谁惊叫一声:"快看,海鸥!"我的眼眸追随这欢快的声音望去。"哇!海鸥!"我也不由自主地叫了起来。一群大海鸥正在海面自由翱翔。小海鸥不甘落后,也拍打着轻盈的双翅。在海水与天空的映衬下,一切都显得如此美丽动人。不一会儿,海鸥干脆停在我们前面,发出清脆悦耳的叫声。在我们的认知中,鸟是怕人的,而此时此刻,让我想到了王维的《画》:"远看山有色,近听水无声。春去花还在,人来鸟不惊。"

海风依然在尽情地吹,海鸥依然在欢快地叫,大海依然在充满豪情地奔腾,而我的心依然随大海起起伏伏。

外曾祖母

　　农历正月十九是娘家年例，我打电话问母亲家里都来了哪些亲戚。母亲说："只有营叔不来，他上山拜曾祖母了。"此刻，我的胸口好像压了一块巨石，心情苦涩沉重。同时也勾起我对儿时往事的追忆，以及对外曾祖母无限的怀念。

　　外曾祖母是我奶奶的母亲。我们家有姐弟五个，从小父母忙里忙外，照顾不了那么多儿女，我和两个妹妹是奶奶带大的，一直跟着奶奶生活。奶奶去哪里，我们就跟着去哪里。逢年过节，奶奶总是提前一两天带着我们俩回她娘家帮忙。外曾祖母看到我们来了，满脸笑意，连说话都大声好多。我也特别开心，因为我们每次去，她总准备好多美味佳肴。小时候我家境贫穷，在家里少吃到鱼肉鸡鸭，只有去外曾祖母家里才会吃得那么丰盛。表叔是个猪肉商，他知道我们去了，几乎每天都割点肉回来让外曾祖母煲给我们吃。有时带回瘦肉，有时带回猪蹄或猪骨炖汤。在那个年代，很多人还解决不了温饱，而我们托外曾祖母和表叔的福，经常往来，每次去一住至少十天八天，我总会吃胖几斤。

我的外曾祖母知道我们平日在家里总是吃不饱,她经常攒很多食物,等我们去拿出来给我们吃,而她自己舍不得吃一点儿。有一次,外曾祖母村里分鱼到户,每户分到两条鱼。那晚,外曾祖母将整条鱼用黑豆豉煎,没有放姜片。鱼肉滑嫩,香喷喷的,让人垂涎欲滴。我挑了一块的鱼肉夹到外曾祖母的碗里。她连忙说:"我不喜欢吃鱼,你们多吃点,帮我把这些鱼肉吃完,免得碍我的眼球。"一边说一边往我和奶奶的碗里夹。

我喜欢听外曾祖母讲故事、唱电白民谣。在她家里,不仅吃得好,节目也丰富多彩,我特别喜欢去她家里住。读小学五六年级时,每逢假期,我几乎都在外曾祖母家里度过。那时外曾祖母七十多岁,我单独去她家时,我就会陪她去外面捡干树叶回来烧火,偶尔也会去菜市场捡点菜叶回来炒。因为外曾祖母年纪大了,总是腰疼,腿脚也不灵便,应该是年轻时劳累过度而落下的病根,她几乎失去了劳动能力。所以奶奶总叫我去照顾她。我的胆子特别小,奶奶不去,表叔早出晚归,就剩我和外曾祖母两个人在家里。那时候,外曾祖母家是一间低矮的泥草房,时不时有老鼠造访,吓得我哇哇大哭。即便是这样,我也不想回家,哪怕多住一天都好!假期结束,我和外曾祖母分别时,两人都会哭得特别伤心。外曾祖母常常说:"我的年纪大了,你们要常来啊!见了这一次面,不知下次还能不能再见了。"每次听外曾祖母这样说,我就很害怕,怕哪一天她真的不在了,我就再也见不到她了。所以,我只要有假期就去她家,每次到了门口,先远远地叫几声,听到她的声音才敢走进屋里。

初二那年，我的同学陈日帝给我传来了噩耗："冬梅，你的外曾祖母现在不吃东西了，你奶奶叫你请假去看看她，估计她是要回'老家'了。"意思是外曾祖母要去世了。我急得大哭起来，一路上泪流不止。我永远也忘不了那天外曾祖母的表情，估计她还惦记着我，无法瞑目，却又说不出话来了。我赶到时，看到外曾祖母已经奄奄一息了，奶奶叫我上前去见外曾祖母最后一面。我连叫了几声都没有得到回应，但我清清楚楚地看见她的眼睛淌着泪。当天晚上，外曾祖母就长眠不起了。

这些事情虽然已过去三四十年了，但是仍然在我心间萦绕。每当想起来，我的心情都非常沉重，真想好好哭一场！

温馨的"家"

漫漫人生路，有些人和事已渐行渐远。但使我没齿难忘的是那关小学——我的另一个家。我们一家四口曾经在那里生活过几年，每每想起它，心头总涌起一阵甜蜜与温馨。

记忆中的那关小学，有三幢并不高的楼房，其中一幢两层的教学楼，还有一幢三层的教师宿舍楼，操场的对面是一幢建于20世纪80年代的旧楼。旧楼的二楼是我们的办公室，楼房虽陈旧不堪，墙面剥落，但是被领导收拾得十分干净整齐，走进去便能闻到一股浓郁的墨香。那一幅幅笔走龙蛇、行云流水的书法作品均出自李加添主任之手，让人赞叹不已，陶醉其中。虽然当年学校环境简陋，但在蔡志飞校长的管理下，小小的学校也运营得风生水起。

老师的生活虽然很艰苦，但是十分充实。领导们十分体贴老师，同事们亲如姐妹。工作中互相帮助，生活上互相扶持。即使困难重重，也同样感到很甜蜜与幸福。

蔡志飞校长平易近人，默默关怀着每位同事。从来没有因自己是领导而高高在上。他以校为家,把老师当成亲人。当年我一家四口都住在学校,用水用电也比较多,但是校长从来没有扣过我一分钱电费和水费。他常说:"学校再困难,也要让老师们过得舒心、快乐。大家有困难都提出来,互相帮助,共渡难关。"那关小学虽然是一所正规的公办学校,但毕竟是乡下学校,条件的确不太好,大家都是靠微薄的工资维持生计。一次会议上,大家各抒己见,最后校长决定将旧楼的一楼改造成猪圈,凑钱买几头猪回来圈养,每学期期末都杀猪给老师们分点福利。

我们的工作和生活虽然很艰苦,但是每年的教师节都过得热闹非凡。使我印象特别深刻的是2009年的教师节。校长考虑到老师和家属一起过教师节更有意义。因外出聚餐不方便带家属,毕竟当年交通不便。于是校长安排我和伟连老师去买菜,回学校庆祝教师节。我们商议搞隆重点,便买了鳜鱼、虾、鱿鱼、海螺等多种海鲜,当然白切鸡和扣肉肯定少不了。校长邀请我家公去学校当厨师,因为扣肉和白切鸡是我家公的拿手菜。那一年的教师节,学校摆了四桌,大家都吃得特别开心。

李加添主任待人诚恳,为人厚道。每次去镇上开会都会帮我们带东西回来,有时还倒贴钱。明明叫他买十元的东西,他却不计得失,总给我买回来一大袋,还不让我给钱。他总说:"毕竟我工资比你高。"关照老师,他总是有理由的,我怎么也拗不过他。

乐于助人更是李加添主任的习惯。记得当年学校有块空地,校长提议大家去那块地里种菜。一来方便生活,刮风下雨时摘点菜就能解决一日三餐；二来可以绿化学校。于是老师们都各自种下自己喜欢吃的菜。每逢周末，浇菜的活儿好像成了李加添主任的任务。我们星期五下午放学都着急回家，李主任总会按时帮我们的菜浇水。菜从来没有因周末或节假日枯萎过，菜园从来没缺过肥料和水。菜园成了学校一道亮丽的风景线。

感恩两位领导对我的关照和栽培。记得有一次镇级教研，具体是什么活动我记不清了，领导安排我代表那关小学上公开课。当年学校的教学设备还很落后，教室没有电脑，没有多媒体教学，很多教具必需品只能老师动手制作。从磨课到上完公开课，我都是"跟着李主任走"，在他精心的安排下，我得到了众多校长的好评，李加添主任功不可没。

忘不了伟连老师的大爱。一次，我生病了，因为工资并不高，想着能省一点是一点，发烧感冒不过是小事一桩，没有那么矫情。后来一拖再拖，病情越来越严重。一天下午，我突然感到天旋地转，呼吸困难，伟连老师二话不说硬要开摩托车载我去那关村打点滴，她还在诊所陪伴我整整一个下午，让我十分感动。

转眼间十几年过去了，我永远忘不了那个曾经给过我温暖的"家"，更忘不了帮助过我的家人们。

我的母亲

母亲，一个平凡又伟大的名字；母亲，一声亲切又神圣的称呼；母亲，一眼长流不息又让人享受不尽的甘泉。

母亲年轻时，我印象中的她中等身材，身体非常壮实，一双粗糙的大手长满了粗茧。小时候，每当我后背痒，母亲不用指甲抓挠，而是伸开手掌轻轻一摸，我就感到特别舒服。

母亲是一个传统的中国女人，生了我们姐弟五人，父亲常年在外地打拼，她孤身一人撑起了整个家，奶奶和我们姐弟五人，大大小小的事都是由母亲张罗的。

由于家境贫穷，母亲一直在农田里忙碌着，早出晚归。吃的是田头粥，喝的是田头水。起早贪黑，只为给儿女创造更好的生活环境。每天日出而作，日落而息，就这样一日日，一年年，风里来，雨里去，母亲尝尽了生活的甜酸苦辣。尽管日子如此艰辛，她也默然不语，依然乐观开朗。母亲的微笑如春风般和煦，如阳光般灿烂。

我一直以为我的母亲是一个很能干的女人，不管活儿有多累,不管担子有多重,她总是一个人默默地挺住,从不喊累,从不叫疼。而今,当年强悍的母亲已经年过七旬,身子骨依然硬朗,一点儿也不失当年的英姿风度。

但是,今年的暑假,我发现了母亲的一个大秘密。

今年,我们提前放了暑假。于是,我提前回家想给母亲个惊喜。当我回到家,看到我的老母亲,白发苍苍,脸上布满皱纹,刻满了风霜,再也看不到她脸颊曾经的红润了。原本还在农田忙碌的母亲突然看到我回来了,忘记了一切疲劳,回家打开门第一反应是捉鸡,给我加菜。

母亲乐呵呵,满脸笑容依旧灿烂,可就在捉鸡的那一刻,把自己出卖了。她的动作变得迟钝了,手脚不再像当年那样麻利,力气也没有从前大了。我的鼻子一酸,不争气的眼泪哗哗地往下流,抽泣了好久。原来母亲当年的"能干",完全是来自骨子里的坚强。

记得2006年,我准备建一幢属于我自己的小楼房。那天早上,刚刚七点钟,我还在厨房做早餐,突然看到一个熟悉的身影,那人扛着一袋大米迈着轻快的步伐朝我走来。定睛一看,是我的母亲。她知道我建房要煮饭给工人吃,担心我缺粮食,天刚露出鱼肚白就送米来了。我未想到的,母亲帮我先想到了。

这就是我的母亲,一个年过七旬的农村老妇人,她一生并不富裕,却尽力把幸福带给儿女。母亲不再年轻,她为儿女、为家庭甘愿辛苦了一辈子,现在该儿女孝敬她了。母亲,放下农田,好好安享您的晚年吧。您曾养我小,我该养您老,往后余生,唯愿您安康快乐!

我的幸福年

光阴似箭，日月如梭。刚送走玉兔，转眼间又迎来了金龙。真是"玉兔呈祥辞旧岁，金龙送福贺新年"啊！

过年期间，家家户户都忙碌着，营造出浓浓的年味儿。除夕早上，天气有点冷，我还在床上睡得正香，突然听到院子外传来了公公婆婆的谈话声："他爷爷，你在家烧水杀鸡，我先去等猪肉。""还是我去吧！我顺便买点肥肠和粉肠回来，这是咱们儿子、儿媳妇爱吃的食物，我都叫人留好了。你在家烧水，等我回来再杀鸡。"我拿起手机一看，才清晨五点半。抵挡不住困意，我又睡了一个香甜的回笼觉。

等我醒来时，公公已经把鸡杀好了。厨房里正炖着我最爱吃的肥肠和粉肠，让我垂涎三尺，我恨不得牙都不刷就去夹一块放到嘴里尝尝鲜。

午后，大家开始忙起来，我们分头行动，各忙各的。我和丈夫去集市多买些菜留着过年吃，毕竟大年初一不开市。公公婆婆去田里砍甘蔗。我们出门时，他们特意强调不用买甘蔗了。原本以为，过年的快乐不再属于我们成年人，没想到公公婆婆今年特意给我们养了鸡，也种了甘蔗，真是幸福感满满的。

街上可热闹了！人们从四面八方聚到一块，各个门店都摩肩接踵。街上摆着各色各样的年货，琳琅满目。尤其是菜市场，人头攒动，熙熙攘攘，人声鼎沸。

下午更忙。我家是男人负责粘贴对联，我只在旁边当个指挥官，看看哪里高哪里低，粘贴得平不平。一眨眼的工夫，一副对联就贴好了。对联上的吉祥话虽简短，我却在心里祈祷了多次。我们贴好对联又去拜神。路上左邻右舍一见面就互相问候，互相祝福。

年夜饭最香，菜式多种多样。其中红烧肉是我公公的拿手菜，可以说是我们家的招牌菜，一口咬下去，油而不腻，那软绵绵的口感，浓浓的肉香，令人回味无穷。一家人津津有味地吃着，开怀大笑着，构成了一幅团圆、和美、喜庆的画卷。

晚饭后，家家户户的门庭都热闹非凡。村里的孩子们换上新衣、新鞋子，到村口放烟花，欢乐的轰鸣声响遍整个村庄。这应该是茂名过年的高潮时刻，鞭炮声陆陆续续响起来，连绵不断，此起彼伏。我们也拿着烟花来到楼顶。美丽的烟花在空中绽放，点缀着那无边无际的天空，绚烂多彩，一派繁华景象。

甲辰龙年，我的幸福年！愿金龙送宝财运到，心想事成富贵来！

我与荔枝的故事

我与荔枝有着不解之缘。

小时候,奶奶特别疼我,每当荔枝一上市,只要逢三六九日赶集,奶奶总会给我买回来香甜可口的荔枝,够我和妹妹吃上一两天。众多水果中,我对荔枝情有独钟。说来也怪,都说"一粒荔枝三把火",可我吃多少都可以。有一次,邻居家的亲戚从林头送荔枝来,邻居大嫂分了一些给我和妹妹。刚看到荔枝,我馋得口水直流,迅速接过来,还来不及剥壳就往嘴里塞。邻居大嫂见状,连忙把荔枝壳剥掉再给我们吃。两个小娃一会儿就吃光了。当时虽囫囵吞枣,但荔枝的甜味至今还甜在我的心间。

我虽然爱吃荔枝,可从来没见过荔枝树。我多么希望家里也有一棵荔枝树,想吃的时候说摘就摘!我整天像丢了魂似的,总是幻想着爬上树摘荔枝。直到我和老公结婚,终于圆了上树摘荔枝的梦。公公婆婆种了不少荔枝树,可是能结果的没有几棵。加上家境贫寒,荔枝摘了要卖钱,舍不得自己吃。老公只有去巡园时才敢偷偷摘几粒装在裤兜里,回家后塞给我吃。那时荔枝的价格特别好，销量也高，多种荔枝树的人家几乎都挣了钱。所以我和老公合计把所有的闲田荒坡全部都种植荔枝。后来逐渐种了不少荔枝树。就这样，早晚的乡村小路上经常响起我的脚步声，还有我们娘仨在荔枝园漫游其乐融融的欢笑声。

结婚后，我在家乡耕田三年，公公婆婆分给我管理的荔枝品种有"白腊""黑叶""摔死狗""桂味"。一园从未开过花结过果的荔枝树在我的呵护下，在那一年的春天开花了，花团锦簇，热闹非凡。荔枝花平凡朴实，既没有玫瑰的娇艳，也没有牡丹的高贵，更没有木棉的热烈，甚至没有桃花的水灵，但它在春光明媚下尽情舒展着浅黄色的花瓣，将树冠点缀得一片灿烂。荔枝花香飘四野，引来了不少蜜蜂、蝴蝶翩翩起舞。

立夏后，荔枝渐渐由青变红。一棵棵由我亲手栽种的荔枝树，笑盈盈地向我展示累累硕果。一颗颗红宝石般的荔枝光彩照人，美不胜收。绿荫涌动，果味飘香。

记得大儿子四岁时，特别顽皮。每当荔枝艳红时，他总会带着比自己小一岁的弟弟爬上枝繁叶茂的荔枝树摘荔枝吃。鲜甜多汁的荔枝总能让他们饱餐一顿，而后便在荔枝树上找鸟窝。

再逢荔枝开花时，我常喜欢在荔枝园徘徊，去看看那些无人欣赏却让人充满欣喜的荔枝花，畅想那长在枝头一串串的荔枝，追忆曾经颤巍巍爬上荔枝树亲自采摘的甜蜜与幸福。

而今，我身在异地他乡，每当坐在窗前，望着远处的荔枝结满了枝头，一粒粒，一串串，便情不自禁地想念起二十多年前的那片荔枝园。每逢荔枝成熟时，我总会从宝石般的果实中看到青春岁月，看到层层叶片包裹着的劳动结晶。

品岭南荔枝佳果，思电白浓浓乡情。每一棵树都彰显着果农辛勤的劳作，每一粒果实都饱含着果农丰收的喜悦。

无声的父爱

岁月流转，不经意间带走了人生的每一个瞬间。生活的酸甜苦辣，五味杂陈，所有的点点滴滴也随风而逝，却怎么也抹不掉我对童年最深的回忆。日子如风，肆意地翻过了无数页，我却永远也忘不掉父亲忙碌的身影。

我的父亲长着方形脸，身材魁梧，步履稳健。他一生勤劳朴素，每天省吃俭用，默默劳作，始终舍不得给自己买一件新衣服、一条新裤子。即使父亲自己过得再苦，也给我们家创造了不少甜。

父亲心灵手巧，文武双全。年轻时的父亲曾经也是一名人民教师，一家八口全靠父亲一人维持生计。全家人的负担全落在父亲一人的身上，他肩负千斤重，压力大得让他喘不过气来。无奈之下，他放弃了教书，改行建筑。后来，父亲成了农村里的一名建筑师，平日里总能见到父亲匆忙的背影。

小时候，我家兄弟姐妹多，父亲平时接的活儿少，赚不到什么钱，甚至不够基本开销。在我印象中，虽然家里生活比较拮据，但是父亲都尽量满足我们的需求。除了吃喝简单，其余的我什么都不缺。学习上，生活上，与同龄人相比，别人有的，甚至别人没有的，我都有。三年级，爸爸给我买了一块手表；四年级，爸爸给我和妹妹两人各买了一台专属自行车，我的是五羊牌，妹妹的是永久牌。在当年，这些都是很多家庭羡慕的东西。

读书时，每个星期父亲都给我十元钱左右的零花钱，在当年，已经是很让人满足的了。其实我并不敢，也从不开口问父亲要过钱，都是他看着给，他给多少就多少，我从不埋怨，因为我有个能干的父亲，我比很多人都要幸福。我明白父亲赚钱不容易。

长大后，我并未成才，辜负了父亲当年对我的期望。但值得庆幸的是，我也在走着父亲当年走过的路。十多年来，我在教育之路上也走得很认真很努力，不仅仅是为了自己谋生，更多的是为了替父亲完成当年未竟的梦想。我的文采远不及父亲，但我绝对学到了父亲的坚强与执着。父亲还常教育我："不与长者斗嘴，不与弱者钩心斗角，不与小人计较。"四十多年来，父亲的话我永远铭记心头，鞭策着我勇敢前行。

父亲向来不喜欢说太多话，一生为家默默地辛苦付出，从不求回报。如今的父亲年岁已高，却依然不肯停下忙碌的脚步。每次看到父亲手上的老茧，我总能回想起他当年辛劳忙碌的身影，想起他一生无尽的辛酸与苦楚……这一切只能埋藏在心底，我还没有能力让父亲安享晚年。

父爱无言，却刻骨铭心地印记在我的内心深处。在我心中，什么文学家、思想家，谁都比不上父亲的伟大。穷，阻挠不了他前行的自信；累，打不垮他内心的坚强；苦，始终不能摧毁他不屈不挠的精神。他一生不畏风欺，不怕雪压，尽管路上荆棘重重，也阻挡不了他砥砺奋进。

相约庄山，并肩同行

题记：2023 年 1 月 15 日（小年），我和家人及那关小学的老领导、老同事相约电城一日游。

今天天气真好！过去几天连日阴雨寒冷，今天终于有所好转，体感舒适，是出门游玩的好时机。于是我与家人、老同事相约到电城郊外的庄山公园转转。这是一座依山傍水的美丽山庄。平日里对于旅游向来不太感兴趣的我，今天能与老同事同行游玩，瞬间兴趣盎然。

我们直奔电城庄山。下了车，沿着水泥公路前行。首先映入眼帘的是一座红墙黄瓦、古色古香的寺庙，这就是闻名遐迩的庄山寺。远远望去，整座寺庙就像一位庄严威武的山神屹立在山脚下，默默地镇守着美丽的庄山，守护着周边的村民。寺庙周边古树苍翠，郁郁葱葱，似有神灵庇护，真是一处胜地！

沿着狭小的阶梯，我们进入了寺庙。前殿大厅端坐着两座镀金观音像，高三米左右。正殿共三层，第三层檐顶挂着一块金漆大匾,"大雄宝殿"四个金字熠熠生辉,落款是已故著名书法家陈光宗先生题写的。我们来得比较早,寺庙里香客不多,只见几个僧人正在吃斋饭。我们登上正殿二楼,正厅中央立着一尊观音像,观音像前面摆放着三个跪垫,供香客信士跪拜祈福用。我们也纷纷点上三炷香,双手虔诚合十,心中默默祈祷,祈求国泰民安、风调雨顺、家庭幸福、事业兴旺……

越过寺庙,见一条山溪顺流而下,溪水澄澈,冲洗着裸露的岩石,时而在奇形怪状的山石间左冲右突,演奏出叮咚作响的欢快乐曲;时而在平缓之处伸个懒腰,打个盹,养足精神后,再倾泻而下,演奏出更加动听的生命乐章!石阶沿着溪涧一路向山顶延伸。走在林荫古道上,听泉水叮咚,鸟叫虫鸣,还有古刹传来的阵阵钟声,涤荡着我们浮躁的心灵,我不由自主地对幸福生活充满向往。

我们顺着石阶,一边攀登一边闲聊。大家无拘无束,随心所欲,畅谈古今,一切都是那么惬意自然。激情澎湃的李加添校长走在最前面,为我们引路启航。他依然像十多年前那样勇敢,冲劲十足。而我和伟连、育桃三人走在最后。不一会儿,李校长发来了山顶风景视频,美丽无限,壮观无比!我们伫顿时有了一口气登上山顶的动力。花了大约一小时,我们才登上顶峰。山顶有一块空地,没有高大树木的遮掩,极目远眺,电城老街的繁华呈现在眼前,一幢幢高楼拔地而起。远处茫茫的大海上隐隐可见几座岛屿,也不知是山围着海,还是海抱着山;不知是城围着海,还是海抱着城。大家被眼前的景色深深震撼,发出"无限风光在险峰"的感叹。大家纷纷拿起手机，拍照留念。

  站在山顶，俯视古城新姿，不禁感慨祖国建设发展之日新月异。与山川古城相比，人生何其短暂！人生荣辱如浮云，荣也罢，辱也罢，一切转瞬即逝；再忙再难，只要我们能静下心来，不忘初衷，不患得失，一定就能够拨开云雾，豁然开朗，找到心中的净土。

  下午三点，庄山之行结束，我们恋恋不舍地踏上了归程！

携手出游，镌刻印记

题记：2023年3月21日，学校组织了一次大型的校外活动——深圳东部华侨城研学旅游。

三月，春意盎然，天气清爽宜人，正值出游研学的最佳时节。于是，学校决定组织一至五年级师生于今天（3月21日）到深圳东部华侨城研学旅游。

早晨，微风徐徐，亲吻着每一张清秀可爱的小脸蛋。孩子们宛若一只只欢乐的兔子，蹦蹦跳跳地赶到了学校，比平时上学积极了很多。大家都提前到校，生怕迟到错过良机。根据学校安排，师生于七点五十在操场集合出发，孩子们个个兴高采烈，却也有序地排队上车。

大约七十分钟车程，我们来到了东部华侨城。刚下车，孩子们东张西望，兴致勃勃，都迫不及待地想赶往景区。入口正处在山脚下，抬头望去，只见崇山峻岭间坐落着许多建筑物。在导游的带领和引导下，验了票，进了门，迎着一块块巨石登了一百多级阶梯才来到了第一个景点：东部华侨城大峡谷。首先映入眼帘的是壮观无比的大瀑布，多么像一匹匹发怒的神马从天而降，在幽谷中尽情展示磅礴的气势，不失李白所吟"飞流直下三千尺，疑是银河落九天"之气象。突然，天空下起了蒙蒙细雨，雨丝与瀑布交织，赞叹声、谈笑声、吵闹声、瀑布的激荡声在大峡谷中飞扬。我再也按捺不住，拿出手机为一群可爱的孩子拍下了照片留念。

我们继续前行，哪里美我们就往哪里钻，没走多远就看到了充满欧洲风情的海菲德小镇。附近有一座叫"太空迷航"的展馆，里面陈列着与航天相关的展品。关于火箭如何升空，孩子们不断发问，无尽遐想。

导游介绍说："华侨城里处处都很美，还有很多项目可以玩。我们要把握好时间才能环游一遍。"因此，我们的一切行程都听导游指挥和安排。导游在前，我在后，队伍在我和导游之间。就这样，我们带着一群小可爱尽情享受东部华侨城的生态之美和游玩之趣。午饭时间，大家一边吃饭一边看专业的杂技师骑着摩托车在水上表演，演员们的精彩表演与惊险特技，令在场的所有观众赞叹不已。

最让我难忘的是坐"云海索道"缆车。这是东部华侨城热门项目之一，也是一天之中最刺激的一个项目。坐缆车不仅可以将华侨城的景色尽收眼底，还可以感受空中飞翔的刺激与激情。我的胆子比较小，本来不敢坐缆车的，但是为了学生们的安全着想，我不能退缩，只能勇敢向前。我们随着人流来到车站，这里是去茶溪谷的必经之路，所以前来排队候车的人更是不计其数。队伍蜿蜒盘旋真像一条长龙，卧在地面缓缓蠕动。不知等了多久，终于轮到我们班坐缆车了，由于每辆车限坐六人，我们班四十五人出游，所以必须要分散坐八辆缆车上去。我看着所有的学生都安全入座了，才放心进入缆车内。随着一声巨响，缆车缓缓升到空中，越飘越高。这又悬又陡的山，让人望而生畏，毛骨悚然。我闭上眼睛，屏住呼吸，不敢往下看，但是好奇心战胜了恐惧。我慢慢地睁开了双眼，绮丽多姿的美景出现在我的眼前。因刚下过小雨，群峰苍茫。向下俯视，巍然耸立的高山，苍翠挺拔的树木，绿茵茵的草地，还有五颜六色的花朵……这次"腾云驾雾"让我大饱眼福。

　　下了缆车，眼前是一条玻璃桥。桥面云雾缭绕，根本看不清远处的人和景物。好奇的学生们下了缆车后乱作一团，我的第一反应是找学生集合清点人数。我拼命呼喊，心中充满担忧与恐惧，心像断了线的风筝，再也辨不清方向了，不知所措。我镇定下来，细细一想，说不一定孩子们已经过了桥，便沿着玻璃桥来到对面，一群小可爱正整整齐齐在那儿等着我这位老师呢。我这才松了一口气。我们又拍了一张大合影，记录了这心有灵犀的一幕。

　　最后，我们再次坐缆车下山，来到四季花园。这里的花绚丽多彩，有朴实淡雅的菊花，有姹紫嫣红的牡丹花，还有高贵典雅的玫瑰花……这里花团锦簇，多么像一位位婀娜多姿、亭亭玉立的少女。突然，微风掠过，一股股香气扑鼻而来，沁入心脾。纷繁细碎的花瓣飘飘洒洒，随风纷飞。含苞欲放的花儿抖动妖娆的身姿，正在享受春光，引来了多少痴情的游人，在那繁花绿叶间赋诗或吟唱。我静静倚在花丛旁，倾听花开的声音，畅想明天的美好。不论花开花落，每一朵花都尽情绽放它的美丽，每一朵花都有自己的独特的花期。

　　时间过得可真快，研学旅游圆满结束。我们在紧张和快乐中度过了这难忘的一天，依依不舍地走出深圳东部华侨城。在返程路上，我畅想着下一次的出游。四季花园的繁花似锦不仅为东部华侨城增添了别样亮丽的风采，更是为我们的研学旅游留下了永不磨灭的印记。

幸福奔向浮山岭

"好运来,祝你好运来……"当我正沉醉于新年的欢庆时,手机突然响起了美妙的铃声——弟弟打给我的微信电话。

"姐,爸爸临时改变行程,想先去爬浮山岭,您和姐夫要不要同行?"陪父母跟兄弟姐妹一起游山玩水是我一生中最开心且最幸福的事情,我想不必征求老公的意见,便爽快答应:"好啊!"

电话中我们约好出行时间,到霞洞镇集合。

我们来到了浮山岭脚下,因春节期间游人比较多,停车位紧缺。大家都在琢磨将车子停放在哪个位置比较合适。最后听父亲的,我们把车开到半山腰,然后再漫步上山。下了车,三个小外甥跑得最快,走错了几个路口,无奈半路又折回来与我们会合。

由于刚下过雨,地面湿漉漉的。天空也没放晴,阴沉沉的,要不是人多,我实在是不敢独闯。山路狭窄,四处格外清幽,茂密的荔枝林时不时传来飒飒的响声,让人听而生畏、毛骨悚然。

母亲知道我胆小，不停给我讲故事，我们一边走一边听母亲讲故事，早已忘记什么是惊恐，更没有疲劳，一家子其乐融融，多么幸福！

路也不算特别难走，在父亲的带领下，历经差不多两个小时的路程，踏遍黄土，湿透了鞋，终于到了一个分岔路口，我们都在纠结到底应该向左还是往右。

此刻终于见到了一点点眉目，真美！右边山腰上盖着几座凉亭，旁边还有山泉水，泉水叮咚，宛如一曲交响乐。更叫人赞叹不已的是这么冷的天，水中居然还有鱼儿在自由又快活地畅游着。我想到了杨万里笔下的《小池》："泉眼无声惜细流，树阴照水爱晴柔。小荷才露尖尖角，早有蜻蜓立上头。"这里虽然没有荷花、蜻蜓，却有独特的美丽。

我们都以为已经到了山顶，便各自找凉亭歇脚，坐下来一边闲聊一边观景，无限惬意。父亲很快就与旁边的叔叔聊起天来，这才知道原来离山顶还有一段很长的山路。父亲组织大家继续前行时，我是多么不舍啊！不知道我是累到不想走了，还是被这里的美景深深迷醉了，坐在凉亭那儿迟迟不肯起身。

天逐渐放晴了，人又怎能没有精神？"非到山顶不甘心！岂能半途而废？"还是接着上吧。即使已经疲惫不堪了，大家也一个坡接着一个坡地向上爬。真难为我年迈的父母，一身铁骨铮铮，一点儿也不比我们年轻人走得慢。这里离山顶还很远，可已经快下午四点钟了，以这样的速度还没到山顶就天黑了。爸爸说："现在没有老虎了，要是以前，这个点没有人敢上山。"

天色又开始变得阴沉，也不知道到底是云还是雾。突然，一股清新的空气扑面而来，这会儿我们真的站在最高处了。我忙着为家人拍照，记录下山顶无限的风光，以及一家人外出游玩的雅兴。

　　这一天累并快乐着，每个人的脸上都洋溢着幸福的笑容。

幸福的女人

什么是幸福？对于幸福的论述，每个人的观点都不一致。而我觉得知足便是幸福。

幸福是追求淡泊宁静的境界，是知足常乐的心态，是沉浸于平淡生活中的快乐。

简单便是幸福。做一个幸福的女人，想必是所有女性执着追求的美好愿望。幸福不是奢求，而是源自内心的一种感受。主角便是自己，谁也不能掠夺。

努力工作的女人是幸福的。一辈子忙忙碌碌工作也是一种奢侈的快乐。人生苦短，花开花落不过几十载，岁月穿过无边的风尘，人生难免要面对纷纷扰扰。即使生活不总是尽如人意，我依然乐观顽强。得而不喜，失而不忧，做生活的智者。美丽的境界不一定在彼岸，但走在生命的旅途中，永远美丽的肯定是坚持不懈的执着追求。冥冥之中，我选择走上了三尺讲台，在工作中默默付出，挥洒着青春的汗水和泪水，永不磨灭的是我的热情与自信。教师团队给予我无尽的鼓励,家长朋友给予我无限的动力,班集体更是让我感到家一般的温暖,学生们点点滴滴的成长,都让我倍感欣慰。不知不觉中,幸福之花悄然地绽放在我的心田,幸福之蜜无声地浸润着我的心灵。无形中,仿佛有一股巨大的力量推着我,让我在教育教学之路勇往直前。做一名幸福而又快乐的教师,是我从小梦寐以求的理想。在工作中,我一直用爱心和诚心经营。平日里,我与家长保持着良好沟通,配合默契,只为教育好每位学生。我不求奖杯和掌声,因为这一切都是发自内心的。工作虽然很累,但很快乐。每天倾注大量的时间与精力在学生的身上,看着他们脸上笑容洋溢,就像一朵朵绽放的花儿般灿烂,便觉得十分自豪和满足。

懂得释怀的女人是幸福的。我在东莞这座城市深深地牵挂着家乡,因为那里有生我养我的爹娘,还有默默支持我的亲人和朋友。在终日中的忙碌中,我学会了坚持,懂得了取舍之道,良好的心态使我永远保持内心的向往期盼,用一颗宽容的心去迎接一切,同时鞭策自己在安静独处中学会冷静和理智地审视世界。无论身处何境,我都用一颗真诚的心去待人,即使被生活虐过千百遍,我依然保持着微笑。我知道,没有什么是不可释怀的。

能将家庭与工作兼顾的女人是幸福的。我每天过着普通的生活,干着平凡的工作,但我仍感觉到充实。不管扮演着什么样的角色,工作再累,我都用心经营着我的家庭。工作的不顺心,孩子的不听话,在我的心里不过就是小碎片,擦干眼泪,生活还得继续。要生活就得工作,每天都是一个崭新的开始。家庭需要我,也是一种幸福。

我要做一个幸福的女人,愿快乐永远萦绕在我的身边,愿幸福永驻。

一个打不通的电话

今天翻开手机通讯录，无意中翻出外祖母在世时的手机号码。它像磁石一样吸引着我的眼眸，令我再次深深地陷入了一场悲痛的回忆中。一种永远抹不去的遗憾在我心头蔓延。

外祖母于2016年6月长眠于世，享年八十七岁。具体是哪一天，没有人告知我。2016年6月17日晚，我原本想给母亲打完电话，再给外祖母打一个。母亲却告诉我："你外祖母与世长辞了，而且已经办完了丧礼。"这突如其来的噩耗，宛如一块巨石砸向我，让我猝不及防，同时也让我难以置信，感觉是母亲跟我开了一个天大的玩笑。因为我经常给外祖母打电话的，那段时间工作太忙，疏忽了。这才仅仅十多天，外祖母的丧礼已经办完了？这不可能！我震惊，我纳闷，我悲痛，我百思不得其解，我怎么能接受得了？虽然我心痛如刀绞，但是我当时并没有流一滴泪。向来倔强的我必须要给外祖母打个电话证实一下。于是，我挂了母亲的电话，立即就拨通了外祖母的手机。"嘟——嘟——

嘟——""嘟——嘟——嘟——"电话像平日一样正常响铃,我连续打去两遍,最后传来的始终是"您所拨打的电话无人接听"。我全身发热,头脑发晕,我多么希望外祖母依然像往日那样马上接起我的电话啊!以前,每次我打电话给外祖母,她总会异常兴奋,很快就接听了。可是这一次我连续打了几遍,终究还是无人接听。失落与悲伤顿时交织在一起,遍布我全身心,我百感交集,蹲下来号啕大哭……

  小时候,我们家兄弟姐妹比较多,家里农活重,母亲忙里忙外,很少回娘家,我们跟舅舅、舅妈们只有逢年过节时才见面,因此,我与这些亲戚从小就不亲。长大后,有空只去看外祖母,很少去舅舅家。也许是他们都把我给忘记了,所以外祖母离世才没有人通知我;也许是他们考虑到我要上课,不想告诉我,让我安心工作;也许……没有也许。总之,我没能见上外祖母最后一面,更没能送她最后一程,这是我人生中最遗憾的事,也是我这辈子抹不去的阴影。

  外祖母无病无灾,笑容满面,一脸吉祥,是人见人夸的耄耋福星。每次回家,我总会去看看她老人家,感觉这就是一种责任。2016年的劳动节假期,我回老家,老公陪我去看外祖母。那天,我给她煲了汤,陪她吃饭,我们一边吃饭,一边聊天,说说笑笑,场面温馨幸福。不料那一次见面,却成了祖孙之间的永别,早知道如此,说什么我也不愿意和她分离。外祖母的子孙后代一共有三十多人,虽然我不是最优秀的那个,但我一定是外祖母最疼爱的。我不敢想象外祖母会带着多少遗憾离开人间。

转眼间,外祖母离世已经七年多了,她的电话我迟迟舍不得删除,今天再次看到这个曾经熟悉的电话,却无法拨通,一种惋惜与悲凉在我心底升起。

一件旧棉袄

放学后，一位父亲到校门口来接女儿。父亲穿着朴素，身披一件破旧的外套在寒风中冷得直打哆嗦。好一会儿，女儿才出来，爸爸的第一反应是担心女儿着凉。父亲急忙问道："宝，爸爸给你带来了棉衣，你先穿上再走吧！""不要！我不冷！"女儿毅然挣扎着，怎么也不肯穿。明明是一件很漂亮的棉衣，女儿却如此嫌弃。无奈的父亲只好牵着女儿冷冰冰的手离开了学校。这一切被我看在眼里，仿佛是一面镜子照着小时候的我，不仅让我感动，同时还让我情不自禁地陷入了对往事的回忆中。

那是1985年的冬天，外出打拼的父亲给我买了一件又厚又长的棉袄寄回来。印象中那年特别冷，可我的父亲连薄衣服也舍不得给自己多买一件。按照当年的消费水平看，我估计这件棉袄应该要花掉父亲一个月的工资。

那时，每天清晨五点半，我就得从家里出发去学校了。奶奶总是要我穿上父亲买的那件长棉袄，有时我趁奶奶不留神，一溜烟地跑出了家门。有时被奶奶发现了，又吆喝我回来把棉袄穿上。同村的小伙伴都穿着十分合身的衣物，唯有我穿着一件和我身高一般长的棉袄走在上学的队伍里，感觉特别不自在。刚进到教室里，我就把那件长棉袄脱下来，生怕老师和同学们看见。宁愿被冻得鼻涕直流，也不想穿上那又长又丑的棉袄。事实上，为了那一件棉袄，我与家里人不知道闹过多少次矛盾。

我记得清清楚楚，一次外出，奶奶拿着父亲买的那件长棉袄追我到村口，奶奶始终拗不过我的嫌弃。我离开村子好远了，回头一看，奶奶依然拿着那件棉袄在寒风中眺望着我一步步远离村子的背影。那时心中虽有感动，但是还未真正理解父亲和奶奶的良苦用心。

成家后，自己也为人母了，我这才真正体会到生活的艰难和父母的不容易。每年的年末，再贫穷我也要为儿子添置一套新装过年。小孩子天天长大，我便想应该给儿子买一件宽大一点的外套，这样能穿好几年。我自作主张地给儿子买了一套衣服，外套大了一大截。这回好了，儿子嫌长还嫌大，怎么也不肯穿。我的心凉了，我想起了自己年少时的执拗。

时隔多年，每每想起那件旧棉袄，我的心就仿佛被千斤巨石压着一样沉重，既后悔又遗憾。

一块月饼盼团圆

午后,天空突然下起了零星小雨,原本安静的校园奏响了旋律,激起了我一丝丝的兴奋。不一会儿,雨越下越大,雨声响彻整个校园。

"老师,请您尝尝我的月饼吧!"一个轻柔又甜美的声音把我从沉思中唤醒。我看了看小女孩手中的月饼,上面清清楚楚地印着"五仁叉烧",这四个字格外醒目。我从小就不喜欢吃月饼,尤其嫌厌五仁月饼。但小女孩这一块对我来说寓意着一家团圆的月饼,我怎么舍得拒绝呢?我很兴奋地接过月饼,一口咬下去,口腔里是一种小时候从未尝过的味道,一直都被我嫌弃的味道,却是今日最难求的可贵的美味。这一块月饼,深深地勾起了我对童年的中秋节满满的回忆。

记得小时候每逢中秋节,父亲总会从工地领不少月饼和水果回家,月饼有五仁叉烧、莲蓉蛋黄等馅的。奶奶知道我不吃月饼,总特意提前上街给我买好炒米饼留到中秋节吃。炒米饼形状和月饼一样都是圆圆的,有着全家团团圆圆的好寓意。

八月十五的晚上，我们早早就吃好饭，摆出各种月饼水果，还有芋头绿豆糖水，一家人聚在一块拜月娘。这些食物平时都舍不得买来吃，唯有中秋节准备得十分丰盛。我们兄弟姐妹几个特别馋，奶奶刚刚把月饼和水果摆好，我们就迫不及待想吃了。可是奶奶说必须要等月娘出来祭拜后，才能开吃。于是我们又急切地盼望月亮能快点出现在天上，便静静地坐在旁边等，一句话也不敢说，生怕吓跑了月亮。

不知道等了多久，天空中突然出现了月亮的影儿：一张银盘似的脸，温柔娴静，穿着白色的衣裳，越升越高。她透过树梢，穿过叶缝，映照着人们中秋团圆的笑容。霎时间，全村不约而同地欢呼起来："月亮出来啦！月亮出来啦！月亮出来啦！"原来在等着月亮出来的不止我们，而是月光下的"一大家"。

我们一边赏月，一边吃着月饼，一起听父亲讲"嫦娥奔月"的神话故事，了解中秋节的由来。全家其乐融融，无比幸福。这种和谐欢乐一直延续到八月十六的晚上。别的地方都是八月十五晚上杀鸡拜神，而我们家乡是八月十六晚上。

今年我也很想回家过中秋节，国庆和中秋节一共八天小长假，中秋节是第一天假期，路上一定会堵车，不知道能不能实现这个愿望。我知道父母虽然口中反对我回家过中秋节，那是担心路途遥远，开车坐车的孩子们受累，但是我更懂母亲的思念和期盼。

雨，依然淅淅沥沥地下着，使人感到丝丝凉意。我津津有味地吃着月饼，更加想念我的家乡和我至亲至爱的亲人。

一捆米粉的爱

今天下午放学后,我送一位女孩回家,路上我们聊了很多话题。其中关于早餐的话题勾起了我对往事的回忆。

"老师,明天就是学业水平自查了。"女孩轻轻地说了一句,大概是怀着兴奋与期盼,又略带着激动与紧张的心情吧。

"嗯嗯。"我也自然平淡地回应了一句。

在我看来,学业水平自查不过是平常的课堂作业而已,可没料到女孩如此在乎。

当我正想安慰一句"别紧张"时,她脱口而出:"好紧张啊!明天早上我要煮一根香肠、两个鸡蛋吃。"

开始我并不在意,单纯以为是她喜欢吃罢了。她继续敞开心扉,把这些数字的寓意论述得头头是道。一根香肠代表的是1,两个鸡蛋代表着两个0,组合在一起就是数字100。真佩服女孩的奇思妙想。

我看了看女孩,观察着她的表情,她越说越起劲,就连微笑都是那么认真,这使我情不自禁陷入了沉思。我小时候读书,每当考试，奶奶总是早早就起床给我煮一捆米粉和两个鸡蛋。年幼的我根本就不懂得奶奶的良苦用心。那时家里养了好几只母鸡，所以鸡蛋不足为奇。我印象中根本就没有见过面条，经常吃的是米粉，比较粗，中间用稻草捆绑着。那时家境贫寒，生活拮据，米粉是很难得才能吃一次的，只有家里来客人才能吃到，即使是特别的节日或者谁的生日，都少见到这些美味。然而，每逢考试，我都能享受到特殊的待遇。因此，小时候的我特别期待考试。每次考试，都兴冲冲地跑回来向奶奶报喜讯。

我清清楚楚地记得小学毕业考试那天，奶奶像往常一样，一大早就起床给我煮了一捆米粉和两个鸡蛋，然后就催我起床吃饱去考试。从我端起碗，奶奶就一直在我旁边看着，直到我把这碗米粉和两个鸡蛋都吃完才肯离开。奶奶站在旁边千叮万嘱："记得要多带两支笔。钱带够没有？"那时小学毕业要集中到电白五中去考试，电白五中位于坡心圩附近，旧时叫谭板圩。由于我乡离谭板圩较远，需要集体包车去，路费自理，因此前一天奶奶塞给我十多元钱。当年我只顾着吃米粉，只顾着赶时间，却不曾认真观察奶奶充满无限期盼的眼神。

一年年，春去秋来，米粉已经成了我的最爱。日久成自然，甚至成了一种习惯，习惯了一味索取，却不曾想过奶奶的用心良苦。她默默付出，却不曾索要任何回报。

三十多年过去了，使我念念不忘的始终是奶奶的那捆米粉。这一刻，我仿佛又闻到了奶奶亲手为我煮的那碗香喷喷的米粉，那碗里还装满了奶奶沉甸甸的爱。

一切从心出发

黄昏，夕阳西下，把大地照得光芒四射，一切都显得那么耀眼绚烂。原本有些颓废的我心中再次点燃了希望。从此日落的地方便有了我的梦想。我寄居在这个人潮涌动的城市，不再感到孤单与卑微。渐渐地，我踏上晚霞绚烂的黄昏之路，一切从心出发。

夕阳斜照下，影子被拉得又长又大，让我感觉自己在慢慢地改变。人生的起起落落，我看透了生活的常态；一路的跌跌撞撞，我明白了世事的变幻无常。活着就得迎着夕阳奔跑，只要坚持不懈地努力，顽强拼搏，命运永远掌握在自己的手心中。没错，一切从心出发。

太阳渐渐低垂，却留下无限绮丽。我原本以为游戏终将结束，在梦境消逝的那一刻，我懂了，原来青春也能永恒绽放，因为回忆也有别样的甜蜜。从此我又改变了想法。不管是泥泞不堪的小路，还是蜿蜒弯曲的山路，放下顾忌与忧虑，坚持不懈地走下去，柳暗花明处定有奇迹。何不把自己活成一束光？君子坦荡自信，迎着余晖一样能绽放万丈光芒。放下恩怨，就是放过自己；温暖别人，就是温暖自己。

生活只要过得踏实，日子就一定是滋润的。夕阳西下的时候，不急不躁。努力不分年龄大小，活着就不能懈怠，但该休息的时候不强扭、不硬撑。让自己在余晖下独善其身，一切坦荡自然就好。

于是我不再徘徊，也不再心存虚幻。身向夕阳，看着袅袅上升的炊烟，望着百鸟归巢，吻着大自然吐出的芳香气息，感受着世间百态。"阅别人精彩动人的故事，品自己绚烂幸福的人生。"

夕阳西下，看着路上归家的人，面容是那样祥和，笑容是那样欢愉，幸福的欲望油然而生，霎时涌向了我的心灵。

人有七情六欲，爱憎情仇源自人的本性。生活要有情有趣，才能体现生命的质量。在夕阳的光影下，不要以忙碌为由埋没了世界的美好。要懂得取悦自己，而不是别人。手捧一本自己喜爱的书，在静谧中品故事，悟人生，感受诗情画意。其实取悦自己的方式数不胜数，唱歌也可以得到欢愉，既提升了肺活量，又给自己增加了一种乐趣。生活的最高境界是懂得控制自己的情绪，人最好的状态是与人和谐友善。我们无法选择自己的命运，但一定能改变自己的运气，心态决定一切。

在夕阳中漫步，清空脑海中的杂念，一切从心出发。给自己充电，让思想充沛，让生命丰盈，让生活有色彩，让灵魂自由飞翔，让幸福绽放！

一盏照亮我前行的明灯

人生路上布满荆棘，泥泞坎坷。冬去春来，寒来暑往，受尽风雨的袭击，踏遍泥泞。值得庆幸的是，我有一位严厉又能干的父亲，他像一盏明灯，每当我遇到挫折，进退无所时，父亲总会及时为我照亮前行的路。

忆起我的读书时代，由于我个人的特殊原因，八岁才开始上小学一年级，没有上过学前班，一年级还比别人迟开学很多。因此，无论是写字还是计算，我都比别的同学差得远。奶奶和妈妈都不识字，我的作业无人辅导，错误频出，多次被老师留堂。心情压抑的我难以喘气，压力使我不断拼命挣扎。每天到学校简直像被关在牢笼一样"遭罪"。幼小的心灵遭到打击，好多次都想弃学了之，多次想逃课却未遂。父亲知道了我的状况，特意从昆明往回赶，停工弃业两个月帮我辅导作业，每天教我练字、计算，反反复复……在父亲严厉的引领下，即将跌入深渊的我逐渐上了岸。不久，我的字写得特别好，受到老师和同学们的称赞表扬。为了锻炼我的书写和识字能力，父亲返工前特别托付邻居姐姐监督和指导我给他写信。不会写的字用拼音代替，错别字和同音字一大堆，但父亲能看明白。每逢父亲回信，总把我寄去的信中的错别字改正过来，和他写的信一起寄回来，叫我照着重抄一遍。就这样，我开始了以书信的形式和远方的父亲交流。

小学四年级时，我双腿无缘无故疼痛，没几天就下不了地走路了，只能躺在床上。白天，奶奶背我出来躺在门口一张竹椅上。同学们总会习惯性地来叫我去上学，看到邻居哥哥、姐姐、弟弟、妹妹们三五成群地从我家门口经过时，蹦蹦跳跳，有说有笑，我是既羡慕又难过。我渴望上学，虽身不能至，却心向往之，我的眼泪不由自主地哗哗往下流。为了不让我的功课落下，父亲每天都按课程教我读、写、算，在家里合理安排我的学习。父亲带我四处寻医，却不见成效，于是干脆自学医学。每天都读医书至深夜，晨光熹微就起来跑遍山野，找草药回来，有煮水给我浸泡筋骨的，有煎熬口服的，每天都要熬上好几个小时。整整一个学期兼暑假两个月，在父亲的悉心照料下，我终于恢复正常了。我的康复，花光了家里仅有的积蓄，也流干了父亲的汗水，熬白了父亲的头发，倾尽了父亲的心血……

感恩父亲，他像一盏既温暖又明亮的灯，当我在黑暗中跌跌撞撞行走时，父亲总会及时为我照亮前行的路，即使前路坎坷，也会变得一帆风顺。

游甘坑古镇

周末,天气甚好,阳光明媚。于是我邀弟弟一起去郊游。我们选择了深圳甘坑古镇,直接开车前往。

甘坑古镇是一座历史悠久的小镇。近年来,小镇的文明建设、绿化繁荣也见证了深圳的发展,更是给四面八方的游客展开了一幅色彩斑斓的画卷。

来到古镇的城门口,厚重的历史气息扑面而来,我立即被古色古香的美景迷住了。前来旅游者却寥寥无几,并没有想象中热闹。当时我十分纳闷,后来我恍然大悟:也许是我们过于热情,来得太早。

首先映入我眼帘的是甘坑古镇独特的城门,古色古香的砖石纹路,似在诉说着历史,城门上"甘坑"二字,古朴厚重,充满沧桑的年代感。

进入小镇,中间一条大路,供游客直行游览参观,里面便是纵横交错的小巷子,只要稍不留神就会走错方向,甚至会迷路。大路两侧有许多门店,如书店、酒馆等,使游客不禁驻足一探究竟。

　　再往里走，你就会看到一幢六七米高、比较古老的小楼，这就是大名鼎鼎的"甘坑炮楼"。据了解，炮楼是在民国初期建的，承载着客家人抵御外侮的英勇历史，彰显了客家人的不屈精神。

　　过了炮楼，便来到了一条美食街。这里各色美食应有尽有，游人接踵摩肩，热闹非凡。美食的香味让人想立刻找位置歇脚并大快朵颐。

　　我们游览得十分尽兴。从大门口逛到尽头，感觉还逛不够，又往回重新逛了一遍。最后，我们依依不舍地离开了甘坑古镇。回程的路上，我感叹：甘坑古镇，虽古朴，却让人流连忘返。

有一种年味，叫大年初二回娘家

在我的记忆长河里，回娘家总是那么普通平常，可是我觉得大年初二回娘家是一件非常重要的事，无论贫穷富裕，无论距离远近，总要回一趟。按我们当地的习俗，出嫁女一般不在娘家过年，农村人比较忌讳，除夕和初一也不去娘家拜年，初二那天才是回娘家拜年的日子。那天到处人来客往，大街小巷都充满喜庆。因此，大年初二这一天，娘家人也格外重视和热情，总用好酒好菜来款待女儿一家人。

过年，家家户户都热闹非凡，无论是大人还是小孩，都怀着一种本能的愉悦。而大年初二回娘家，更是喜上加喜。回娘家，不仅是出嫁女开心，父母更开心。出发前心里甜滋滋的，先不说你带什么回去，那种期盼，那种兴奋，那种迫不及待团圆的心情，也许只有出嫁女才能真正体会得到。因为家里有父母的味道，有兄弟姐妹的味道，有亲人的温馨，有亲情的甜蜜，还有母亲亲手做的香喷喷的饭菜。其实，出嫁女在乎的并不是回娘家吃多少，而是团圆的感觉，总让人感到无尽的满足和无比的幸福。

每逢大年初二，我们兄弟姐妹五个都会先约好时间出发，然后再各自去买点父母喜欢吃的菜回去。2024年的大年初二，弟弟买了鱿鱼、鳜鱼和大虾，两个妹妹买了各种肉和营养品，我买了一些海鲜。这些食材炒出来香飘十里，让人远远闻到就垂涎欲滴。五姐弟的五个家庭欢聚一堂，连同父母一共二十四口人，吃饭时需要摆三张大号圆桌，无论大人小孩都敞开胃口，虽然不是年夜饭，但一样团圆美满，一家人其乐融融，喜气洋洋。

不知是我们当地的风俗还是我家的习惯，反正在我娘家吃完饭的第一件大事就是发红包，这也是小孩子们最欢喜的节目。家庭条件好的封的红包比较大（多），一百、二百、五百、八百、一千元不等，手头紧的至少也有一二十元。两个妹妹的红包都不少，早在十年前，我的红包只能封十元，她们都开始封一百了。但孩子们从不贪心，不拼红包大小，钱多少，只要是红包就行。孩子们的幸福就这么简单。

娘家节目丰富多彩，在娘家欢乐甚多，总感觉时间过得十分快，一眨眼就到了晚上，亲人们都依依不舍地道别。

大年初二回娘家，传承的是一种孝道。无论何时何地，无论年龄大小，大年初二回娘家永不过时，这既团圆又祥和的画面充满了浓浓的年味。

雨中赏梅

今年冬日如春，气候暖和，是游玩赏景的最佳时节。于是，本周末信守我和邻居阿玲的约定，决定去广州观赏梅花。

俗话说："天有不测之风云。"刚从东莞出发时，蔚蓝的天空，阳光明媚，晨风清爽。到了广州，骤然下起了小雨。但我们的计划不改变，赏梅依然是我们这次行程的目标。

从小我就特别喜欢花，尤其敬畏梅花。梅花是中国十大名花之首，是花中之魁。几十年来，虽然我从未目睹过梅花的容颜，但我对梅花并不陌生，早在书本中与之结缘，非常欣赏它那种不屈不挠的精神。

初来乍到，我心跳加快，迫不及待飞进去欣赏我暗恋多年的梅花。迎面而来的是一座高大气派的牌坊，门头刻有"萝岗香雪公园"几个大字。进入园内，人山人海，尽管小雨纷纷，也阻挡不了游客们的脚步。"清梅园"三个大字映入我的眼帘，下方刻着一枝婀娜多姿的寒梅，还有一首《萝岗香雪》：

岭南无雪何称雪，雪本不香也说香。

十里梅花浑似雪，萝岗香雪映朝阳。

  身在园内，环视四周，一株株梅花多么像一个个亭亭玉立的少女彬彬有礼地恭迎游客们的光临，又像一群勇敢的士兵守护着每一个路口。园内香气袭人，浓郁扑鼻。据了解，每年冬至前后，萝岗香雪公园的梅花便会盛开，繁花如雪，芬芳馥郁。踏雪寻梅的人也纷至沓来。我如坠仙境，心旷神怡。游客们纷纷与梅花拍照留念，宁愿冒雨也要排队，有些人不想等，直接趁着热闹拍下来，这又何尝不是一种别样的美呢？大家遇美景就拍照，可又有多少人知道"清梅园"名字的由来呢？开始我也并不在意，等我逛完一圈才开始对"清梅园"三个字怀揣好奇，后来恍然大悟，"清"字有高洁、清廉等意。也许"清梅园"就是由此而得名的。

  阿玲介绍，里面的景色更加漂亮，于是我们准备沿着湖边往里走。遗憾的是雨越下越大，如泼又如洒，小径的雨水快淹没我们的鞋子了，因此我们不得不掉头返回。虽然没有赏完整片梅花园，但这一次的雨中赏梅已深深地刻进我的心底，我再次读懂了梅花的秉性，它象征着中国人的高洁、坚韧、自强。我想，在寒冬腊月里，除了梅花，还有哪种花能有这般勇气如此顽强地绽放呢？

阅读润泽我的人生

人生路漫漫，唯有读书最能体现人生的价值观。读好书，能改变命运；读好书，能让人不再徘徊；读好书，能化干戈为玉帛。

书籍是一盏香茶，润泽了肺腑，丰富了生活。所以，无论多忙，我每天都要抽出一点时间来阅读。

阅读，不仅是一种幸福，更是一种享受和独特的趣味。读小学时，父母的经济收入微薄，我家的生活条件特别差，常常受到左邻右舍的歧视，导致我很自卑，平时少接近家境好的朋友。我想，出去日晒雨淋，还不如待在家里饱读诗书。偶尔，较好的同伴硬拉我出去，玩不到半小时，我就又惦记家里的书，总是提前回家。记得我初中毕业那年，表叔家正月十五做年例（广东省茂名市的民俗，是茂名第一大节日），全村游灯、舞狮，热闹极了。大家都去看热闹，唯独我自己在表叔家看书。大家看过热闹回来了，开席吃饭，我却还在书海中遨游。

阅读能让人变得坚强。我自小就胆小如鼠，每每独自一人在家，我总会感到心惊胆战，容易胡思乱想。因此，我常常以阅读来麻痹自己，全神贯注投入到阅读中，只要读书，紧张的情绪就慢慢缓解了。

　　阅读能让人忘掉烦恼。阅读宛如清晨的一缕清风，吹来的是一股淡淡的墨香，我陶醉，我迷恋。每当和煦的阳光温柔地照进我的窗前，洒在我的书籍上，我的指尖又在书香中寻找内心的灵感，忘了一切忧愁，满心欢愉。当我读到一本好书，常常废寝忘食，感情十分投入，跟着主人公同悲共喜，时而笑，时而哭。阅读总能使感情得以释放，也能让心灵得到洗礼。

　　阅读既能有效地锻炼人的心智，又能让人辨别是非曲直。阅读可以陶冶人的性情，使人变得温文尔雅，具有书卷气。悲伤难过时，阅读是一种缓解情绪的方式。阅读大量的书籍，大概就是在别人的文字中寻找指引自己前行的力量。

　　阅读是人的精神食粮，我们可以从书中汲取文学的养分，感受中华文化的博大精深，浏览中国以及世界各地的风景名胜，大饱眼福。

　　当你孤独烦闷的时候，书是你最好的朋友，它会陪你渡过难关，让你忘掉一切不快。书中自有颜如玉，书中自有黄金屋。

　　我喜欢文学，阅读是最大的功臣，以至于后来我喜欢上写作。阅读是一束光，照亮了我前行的路，也润泽了我的人生！

在农村生活好，还是在城市生活好

一天，父亲突然发来信息，叫我以"在农村生活好，还是在城市生活好"为题写一篇文章发给他。当时看到父亲的信息，我的心像装了一把千斤的秤砣，无比沉重。虽然我并不理解父亲的用意，但我怀着郁闷的心情猜测了很多。父母年纪大了，儿女们都不在身边，也许父亲才有这样的感慨吧，也许……我实在猜不透父亲的内心想法。

关于"在农村生活好，还是在城市生活好"这个话题，今天我就来和大家谈谈我自己的真实想法吧！

小时候，我十分向往城市生活，总是羡慕城市人。记得我读二年级时，班里有一位来自城市的女生，她叫什么名字我都不记得了，但我还清清楚楚地记得她的模样，她稚嫩的皮肤白里透红，打扮得可漂亮了，真是人见人爱，我也特别喜欢她。当年，咱们农村人和城市人很多习惯都不一样。城市人因为出生的环境干净，很多习惯都比较讲究，比如卫生，比如穿着；农村人相较落后，衣食住行都比较简单。所以，当年那位来自城市的女生不仅受到不少同学欢迎，连老师都比较偏爱她。她干净，随和，美丽又大方，谁人不爱她？原先我们乡村很脏，出门不是踩到狗屎就是猪屎。那时候的我向往一尘不染的城市街道，依恋城市的高楼大厦，更加憧憬城市那美丽的夜景。城市的灯火彻夜明亮，五彩缤纷的夜景着实迷人，不像我们乡村的夜晚，除了迷迷蒙蒙的月光照出一片模糊，几乎看不见璀璨的华灯。儿时总是喜欢城市里那些鲜艳耀眼的东西，随着年龄逐渐增长，我还是喜爱城市生活，想尽一切办法不断追求城市的美好。

年轻时的我，总觉得农村每个角落都是湿漉漉、脏兮兮、黑黢黢的。每次提起回老家就极不情愿。现在的我改变了看法。突然有一天，我觉悟了，城市不过是我的临时落脚点，我的根在农村，我的父母还在家等着我。农村才是我的家。年龄越大，思乡的心情就越强烈，我开始在每一个节假日找各种理由回到老家去看看父母，呼吸我许久没嗅到的新鲜空气。有一次，我提着行李准备回城，妈妈给我送来了好多好吃的东西让我带回去，有玉米、花生、大豆、番薯和自家榨的油，这些都是稀罕物。我心头一酸，没想到我的妈妈这么能干。小时候总觉得吃腻的东西，现在有钱都买不到啊。农村的生活也是丰富多彩的。农村人只要勤奋，都能过上丰衣足食的生活。

每当我走在城市中，我的心都在燃烧；每当我想起家乡年迈的父母，我的心情特别沉重。父亲，如果您一定要我回答，那我便告诉您："还是咱们农村好！家乡有一片孕育我的肥沃土地，家里还有我最爱的亲人们，我岂能忘记？"

湛江情缘

大年初三的上午,天高气爽,阳光明媚,正值外出游玩的最佳时机。于是,父亲组织我们姐弟几个前往湛江,我们第一站便选择了金沙湾观海长廊。

金沙湾观海长廊位于湛江市赤坎区金沙湾畔,是湛江市实施"一海两岸"的西海岸景观改造工程的组成部分。我们顶着暖阳,吹着清凉的海风,吻着大海那浓郁的气息,感觉舒服惬意。大海与天空浑然一体,蔚蓝的天空像极了人工渲染出来的一幅画卷。站在高处,俯视海面,波光粼粼,金光闪闪。海天一色,蓝得独特迷人。灿烂的阳光照在海水上,亮晶晶的,多么像天上眨着眼睛的小星星。一阵阵海风拂来,清爽宜人,有一种恬静之美,让人感到十分满足。碧波荡漾的海面不时激起一圈圈涟漪。近处,一排排树木郁郁葱葱,刚劲挺拔,像一位位高大的士兵并排有序地站在岗位上,并不为海水的澎湃而低头,也从不为海风的凛冽而退缩,尽忠职守,一心一意地保护好每一个游人的安危。

我环视四周,游人如云,摩肩接踵,都能做到"手下留情",

不曾随地乱扔一丁点垃圾，这无疑是国人高素质的体现。

　　不知不觉，我们漫游到金沙湾广场，这里人山人海，热闹非凡。在暖阳的映照下，一切仿佛镀上了一层金色，显得那么夺目耀眼。阳光和海水相互辉映，美得让游人赞叹不已。

　　广场前面逐级而下便是沙滩，金黄色的沙子将大海装扮得气度不凡，真不愧是金沙湾。远远望去，人头攒动，如繁星闪烁，密密麻麻。抬头仰望天空，骄阳当头，一望无垠，而眼前波澜壮阔的大海，无边无际。沙滩上五彩斑斓的太阳伞最受欢迎，让我不由自主地竖起大拇指。游人来自五湖四海，各种口音此起彼伏，但面对金沙湾的美景，大家异口同声地惊叫着："哇！"有人光着脚丫踩在软绵绵的沙滩上，有人捡拾形状各异的贝壳，有人用沙子堆城堡，有人在沙滩上打排球，更多的是站在沙滩上拍照。很多家庭都带了躺椅出游，直接铺开躺在上面享受海景。

　　游玩了多长时间，我们并不留意，眼看天色已不早，父亲建议我们原路返程，一来减少脚力，二来还能多看看观海长廊的美景。往返两次看到的景色截然不同：来时，海潮高涨，波涛汹涌；返回时，潮水退去，红树林的根须纵横交错，充满了顽强的生命力，它们宛若哨兵，携手连心保卫着湛江的这片大海，保卫着湛江人民和游客的安全。

　　一天的湛江之旅结束，漫步观海虽累，但让我们精神愉悦，心情舒畅。留给我最深的印记是，海、天、人构成了一幅和谐的画卷，让人流连忘返！

最美的相遇

前年，一个寒冬的黄昏时分，外面下着蒙蒙细雨，寒风呼啸，走在外面简直可以把人冻僵。

这是寒假的第三天，正值寒冬腊月，广东最冷之时，因此晚上人们都不敢出门娱乐。那天晚上，我也关门在家自娱自乐。突然，楼梯间传来了清脆的脚步声，还有十分熟悉的说话声。攀谈声越来越近，越来越清晰，来者仿佛是一对母子。母亲说："马上就到了，现在是三楼了，还有一层。"儿子说："是啊，妈妈，老师家咱们都很熟悉了。"一句"很熟悉"，我可以确定来人正是我的学生——钟莞鹏，他妈妈也陪他来看我了。于是我立刻打开房门，飞奔出来迎接。我激动的心情在楼梯间蔓延着。

钟莞鹏是一个白白胖胖的男生，文质彬彬的样子甚是可爱。我们师生间有很多值得珍藏的回忆。2015年至2017年，我在宏阳小学担任钟莞鹏五年级、六年级的班主任。那时的莞鹏就聪明伶俐，乖巧可爱，成绩名列前茅。放学后，他总是自觉地留下来学习到晚上六点，家长才接他回家。有时家长忙没能按时到校接他，我便把他带回家继续学习，等家长忙完再来接。有时我让他在我家吃晚饭，莞鹏家境比较富裕，自小养尊处优，但他不挑食，从来不嫌弃我做的菜单调难吃，反而还夸我说："老师，您做的菜超级好吃。"其实我知道那都是哄我开心的话。莞鹏的陪伴，给我的生活增添了很多乐趣。每到寒暑假，他的家长总会带他来看我。毕业前如此，毕业后亦然，至今已维持九年，从未间断。说实话，当今社会有多少人还记得自己的老师？又有多少人毕业后还和老师保持友好的联系？我一个普普通通的老师能拥有这样珍贵的师生情，何其幸运！

去年暑假的一天，我突然收到莞鹏发过来的喜讯："老师，我的高考分数出来了，我考了 627 分。"莞鹏以优异的成绩考上了湖南大学。作为他曾经的老师，听到这个消息，除了开心和激动，更多的是祝福。希望这就是他通往成功彼岸的桥梁，希望这就是他打开成功大门的钥匙。

2023 年农历二月十三，莞鹏返校前又和妈妈一起来我家中做客。这是一场师生间最美的相遇，是值得永远珍惜的情谊。

后记

  这是我出的第一本书。衷心感谢茂名市作家协会、茂名市电白区作家协会、东莞市作家协会大朗分会的各位领导和导师一路来的关怀和指导。我不是最优秀的，但我一定是最幸运的。

  自从踏上写作之路，我自小热爱文学的梦想如一粒种子萌芽了。初写时我心花怒放，豪情奔放，我利用周末、假日写作，既不耽误我的工作，又能充实我的业余生活，增加了情趣和乐趣。

  我的作品被多家报纸刊登，多篇文章被推送到茂名网，让我挖掘到自我努力的方向与目标。今后我还要坚持创作，我要通过我的努力走出一条更广阔的文学之路！留心生活，善于发现生活的真善美！希望我的执着能够对我的学生起到影响和作用。